v o l u m e
t w o

Who's Your daddy?

JANG RYANG

爸爸

Jang Ryang | Sashimi | SalmonPink
Presents.

CONTENTS

CHAPT. 9

那天晚上，路易斯爵士究竟是發生了什麼事？

四個月前的馬車上，梅特涅選擇了相當明事理的寡婦巴特勒子爵夫人作為當天的對象。雖說是寡婦，也才二十六歲的年紀。

她一頭金髮，豐滿的胸脯，身材矮小，黝黑的皮膚，這位子爵夫人的臉感覺像隻大眼睛的貓咪。無論怎麼看都沒有半點和路易斯的相似之處是梅特涅之所以選擇她的原因。

『哼嗯，快把面具摘下來看看呀。』

一上馬車，帷帳都還沒合上，她就發出了嬌嗔的鼻音。梅特涅微笑著，先動手將她的面具給摘了下來。子爵夫人自動自發地解著禮服後方的鈕釦，壓低了聲音問道：

『我們去七號街好嗎？那裡有間我常去的旅館，老闆口風非常緊，雖然看起來是有些破舊，但是床舖寢具的狀態都維護得很好。』

她分開雙腿坐在梅特涅的大腿上，靠在梅特涅的頸側低語著。

梅特涅心想，也好，久久去一次廉價旅館，換個口味也是不錯。

『你在這裡等著，我的馬車好像還在後頭的樣子。』

外面有人在等待著馬車到來，說話的聲音聽起來有點耳熟，梅特涅輕輕掀開帷幕一看，只見拉斐爾面色有些焦急地站在那裡。

『好的。』

在一旁點著頭應聲的人，是路易斯。

他雖然戴著面具，但梅特涅是不可能認不出這張臉的。

梅特涅的心臟開始加速跳動了起來。威頓公爵暫時離開去找馬車了，路易斯就這樣乖乖地在站在梅特涅的馬車前。

『你在做什麼？』

梅特涅連忙問道。

路易斯回答他：

『我在等人。』

Chapter.9 ✦ ✦ ✦

他有點喝醉酒的感覺。

在這種日子裡，會坐上別的男人的馬車，很明顯就是要去滾床單的。路易斯會是在不知情的狀況下要跟著別人走嗎？應該是不至於，他進入社交圈都已經多少年了。就算人們都說他多麼忠厚老實，從朋友或身邊的人那裡一定也多少都有聽說過，不可能什麼都不知道就這樣傻傻跟去。他和拉斐爾已經發展到那種關係了嗎？

思及此，梅特涅的眼眶紅了起來。

『你是要和拉斐爾睡嗎？』

路易斯被這麼一問，歪了頭像在思考著。

『因為他叫我等他……』

只因為別人要他等，他就乖乖地在這裡等待的意思。梅特涅聽了，極度無言地乾笑了一聲。

路易斯看著眼前的空馬車，又歪了下頭，突然問道：

『我可以上車嗎？』

『什麼？』

『我好冷。』

梅特涅還沒來得及回答，路易斯就已經抬腳一跨，上了馬車。還聽見他在嘴裡嘟噥著『喔，這馬車真不錯啊。』

梅特涅沒搞懂這是怎麼一回事——路易斯現在人竟然在自己的馬車裡。而且是他自己走進來的，不是梅特涅拽著他的頭髮強行拉上車的。

子爵夫人見狀，正想針對路易斯的無禮大聲嚷嚷，梅特涅已經動手捂住她的嘴巴，將她向外推出去，送她下車。

梅特涅讓一旁守候的侍從用別輛馬車將子爵夫人載回家。

『……』

心臟像瘋了似的狂跳不已。

連一旁的班奈狄克也是一副吃驚的模樣，趕緊關上車門駕車起步。他似乎認為，無論之後會如何發展，總之先出發就對了。

顛簸的馬車裡，躬身站著的路易斯搖搖晃晃地蹲坐在了梅特涅的面前。

『……你喝醉了？』

『沒有。』

Chapter.9 ✦ ✦ ✦

路易斯即刻否認。

但不管怎麼看，他的樣子都像是有點醉了。要是沒喝醉的話，他是不可能會做出這種事的。

梅特涅顫抖地伸出手，替路易斯取下了臉上的面具。

『……』

烏黑的髮絲垂落在額頭上，一個白淨端正的臉龐露了出來。

路易斯．艾力克斯，是他沒錯。梅特涅看著無聲地眨著眼的路易斯，深吸了一口氣。

『我也可以幫您脫下面具嗎？因為還不知道您是哪位。』

『……』

不知道對方是誰就上了陌生男子的馬車？難道路易斯本來就是這麼隨便，只是自己不知道而已？正當梅特涅還處於驚慌失措的狀態說不出話時，路易斯已摘下了梅特涅的面具。

『喔、』

路易斯驚訝地眨了眨眼睛，然後伸手觸摸梅特涅頭上戴著的那頂紅色假髮。他的身子因此倏然間靠得很近。

『這是假髮嗎？為什麼要戴假髮？金髮更漂亮的。』

梅特涅仔細地端詳路易斯的雙眼。他雖然喝醉了，但意識還很清楚。怎麼會突然態度變得這麼親近呢？之前見面總是打了招呼就忙著匆匆離去，現在簡直像是完全變了一個人。

路易斯轉頭看向窗外，天真地問道：

『現在是要去哪？我的住所？是要載我回家嗎？』

梅特涅揪住路易斯後頸，將過於接近的他拉至自己的面前：

『我們要去剛才子爵夫人推薦的，在七號街的旅館，去那裡和你上床。』

路易斯聽了並沒有表現出任何慌張的反應，從表情也看不出他究竟有沒有聽懂，他就只是一直盯著梅特涅的臉看。其實路易斯本來就沒什麼好驚慌，畢竟他本來也是打算要和拉斐爾發生關係的。

感到慌張的是梅特涅這一方。路易斯正露出一臉沈醉的神情，彷彿回到了學院時期，眼神甜到要流出蜜似的看著他。梅特涅抬手按在自己情緒激動的胸口上：

『……吻我。』

他想確認這一切是否真實，並非幻想。

聽到梅特涅的指令，路易斯默默閉上了眼，再睜開，然後起身。

Chapter.9 ✦ ✦ ✦

臉頰率先被觸碰，路易斯的手覆在梅特涅的臉上，隨後唇瓣便貼了上來。

『……』

路易斯的嘴裡有香檳的味道。他到底是狂飲了多少？要說他曾掉進酒缸裡梅特涅或許都不感到意外。

他第一次見到這樣子的路易斯。

路易斯正欲離開唇瓣，梅特涅不讓他走，抓住他急切地汲取他的雙唇。

梅特涅不敢相信自己正在和路易斯接吻，然而親吻他的滋味是那麼地甜美，宛如沙漠中的一口甘霖，梅特涅感覺全身的細胞都在渴求著對方。

想要他想得快要瘋狂……不對，也許是已經瘋了才生出這些幻覺也說不定。

梅特涅把路易斯推到馬車的座墊上熱切地吻他。他感受到路易斯笨拙的嘴唇和舌頭上的那份甜蜜。恐怕只有未經人事的小女孩才會像他這麼不會接吻。

儘管梅特涅才剛見到路易斯隨便都能和人發生關係的這一面，但他的腦袋因為路易斯生澀到不行的吻已經快要爆炸。像是一直堵著的堤防潰了堤似的，某種東西漲得滿了，嘩啦啦地一湧而出。彷彿沙漠中的沙子無止盡地流淌著。路易斯的嘴唇和肌膚如同蜂蜜般滋潤了梅特涅乾枯飢渴的內心。

『好甜。』

梅特涅沈醉地低吟，路易斯聽見了，點了點頭，回他道：

『……對呀。』

『……』

老天。

儘管梅特涅一直反覆確認著，如夢似幻的情景讓他不敢相信這會是現實。眼前的一切，甚至比夢中見過的還要興奮刺激。感覺沒辦法忍耐到七號街了。

『你本來就這樣，隨便一個男人來你就跟著他走嗎？』

『什麼？』

『只要有肉棒能滿足你，你就跟去了是不是？』

全世界只有自己不知道這件事嗎？

路易斯的舌頭相當主動，動作卻十分笨拙，聽見梅特涅這麼質問，剛結束一吻的路易斯用手背捂在自己的嘴巴上。

Chapter.9 ✦ ✦ ✦

『我沒有，不是這樣的。』

什麼肉棒，路易斯皺起了眉頭，像是有生以來第一次聽到如此粗俗的用詞。

『那你為什麼上了我的馬車？』

『……因為我冷……』

路易斯無辜地眨眼。梅特涅不發一語地看著他，隨後才伸出手摟住了他的肩膀。路易斯靜靜地被梅特涅抱在了懷裡。

『現在有比較暖和嗎？』

『沒有，還是很冷。』

就算再涼爽畢竟是夏季，都已經被抱在懷裡了竟然還在喊冷，根本就是在勾引人。

馬車一停下，梅特涅立刻拖著路易斯衝下了車。他也沒空去想兩人第一次的性事發生在這種地方，會不會有些遺憾。

胡亂找了一個房間，剛踏進房裡，梅特涅就把路易斯推到牆上吻了上去。他手忙腳亂地解開釦子就要拉下褲子，路易斯有些遲疑地抓著褲子不放。

『你不要嗎？』

梅特涅彎下腰，注視著路易斯的眼睛問道。

『沒有不要……』

路易斯眨了幾下眼睛，伸手摘下了梅特涅的紅色假髮，讓它掉落在地。

『可以把這個脫掉嗎？你的頭髮亮晶晶的好漂亮……我一直都好想摸摸看的說……』

路易斯一邊撫摸著梅特涅滑順的頭髮一邊說道。

都已經動手摘掉假髮在摸了才在發問，路易斯的舉動十分無禮又唐突，梅特涅卻根本顧不得追究。

他一口氣將路易斯的內褲一併脫去，把路易斯推倒在床上。梅特涅感覺腦袋在發燙，因為路易斯正渾身赤裸地仰頭看著自己。

『叫我的名字。』

『殿下。』

『叫我梅特。』

梅特涅一要求，路易斯立刻乖乖喊了一聲『梅特。』

『……』

Chapter.9 ✦ ✦ ✦

這是怎麼回事？

見到路易斯無比乖巧順從的模樣，梅特涅感覺指尖都在發麻。路易斯怎麼會這麼聽話，別人也看過他這副模樣嗎？這是他喝得爛醉了之後發酒瘋的樣子？或者是自己徹底瘋掉之後出現的幻覺？

梅特涅眼神癡狂地脫了衣服向路易斯靠近。

路易斯沒有逃走。

『路易斯。』

『是。』

他也沒有趕著向自己道別然後躲進人群之中。

梅特涅從來沒有看過這種房間，如此狹窄、昏黑、一張床就佔滿了整個空間——床小得不可思議，被褥的布料也極為粗糙。子爵夫人還推薦這間旅館最為合適，在梅特涅眼裡，這裡簡直比倉庫還不如。

但是這樣更好。如此狹小的空間，房裡只有一張床，床也小小的，這樣他一伸手就能碰到路易斯了。

梅特涅按著路易斯的肩膀讓他躺下，路易斯便默默地躺著，承接梅特涅的親吻。嘴唇相互吸吮的嘖嘖水聲很快地充斥了整個房間。

梅特涅一直睜著眼，確認眼前的對象確實是路易斯沒錯。儘管他正在觸摸著路易斯，心中還是覺得難以置信……

『路易斯。』

『是。』

『路易……』

『是的。』

梅特涅持續地呼喚著他的名字，聽他一遍又一遍的應答。路易斯平心靜氣地一次又一次地回答著，後頸已經染上了緋紅。經過梅特涅的觸摸，才發現後頸側、腰背，這些平常無人碰觸的部位特別敏感。

梅特涅對著路易斯一吻再吻，吸吮著他的脖子，在鎖骨上舔拭，手掌在路易斯的肌膚不斷游移。路易斯的味道又甜又迷人，讓梅特涅想把他就這麼吃拆入腹。

梅特涅也知道自己充滿貪念，但是他沒有辦法克制。他貪婪飢渴地撫摸著路易斯，舔著他的胸膛。梅特涅能感覺到路易斯的身體在漸漸地升溫。

這是個敏感的身子。當梅特涅一把握住路易斯的下體時，路易斯倒抽了一口氣。梅特涅輕輕地套弄，在龜頭上劃著圈，路易斯嘴裡隨即發出了「嗯、呃哼」的呻吟。雖然看得出來他急欲克制的模樣，但路易斯的性器還是迅速地硬了起來，前端一簇一簇地流出了清亮的液體。

梅特涅的嘴在路易斯肚臍周圍吸吮著留下印記，手上飛快地動了起來。

『啊、嗚呃、嗯……請放手，呃、嗯……我快要忍不住了！』

梅特涅心想，路易斯哀求的聲音真是好聽。於是他開始吮吻路易斯的大腿內側，將軟嫩的肌膚大力地吸進嘴巴裡，吸得路易斯的大腿瑟瑟顫抖了起來。

梅特涅在咬牙閉氣的路易斯大腿根又吸又咬，最終逼得他受不了地蜷起腰身，像撒尿似的射了精。

射了一次的路易斯彷彿全力衝刺了一場，大口地喘著呼吸。梅特涅看著他全身泛起潮紅的身軀，忍不住心想，哪怕這只是一場夢也足夠美好了。

濕滑的手指鑽開了路易斯的密處，他的腰向後閃開，躲避著梅特涅的手指。梅特涅扣住他的大腿，將一根手指插了進去，黏糊濕濡的內壁緊緊包覆著整隻手指。

Chapter.9 ✦ ✦ ✦

『嗚、那裡、』

『路易斯。』

梅特涅一叫名字，路易斯便深吸一口氣，抬起眼看著他。

在一片昏暗中，仍可看見那雙漆黑的眼眸裡交織著情慾，眼神因為先前射精的餘韻而變得有些迷茫。梅特涅在這樣的情況下無法保有理智，他用那隻手指頭在裡面肆意地按壓使其擴張。

『呃、別、別這樣，嗯——呃！』

當梅特涅稍微使勁按壓某處時，路易斯抵抗的力道突然弱了下來。他身體不自覺地扭動，分開的大腿哆哆嗦嗦地倒下，射精完疲軟的性器則是再次聳立了起來。

『路易斯，腿再張更開一些。』

聞言，路易斯猶豫了一下，但還是僅因為梅特涅的一句話就張開了他的雙腿，十足撩人。

梅特涅大大地分開路易斯的雙腿，把他的兩條腿纏在自己的腰間。分開雙腿時，可以感覺到路易斯的腰肢緊張地僵硬。梅特涅送進了兩指，在裡面四處輾按舒張。儘管伸進去的只是手指，梅特涅卻如同將性器送入般地感到興奮酥麻。

路易斯害怕卻緊抓著床單隱忍的模樣十足惹人憐愛。梅特涅俯身要和他接吻時，不知為何，他馬上就迎面吻了上來。

在床上的路易斯真的好勾人。長久以來，梅特涅多想要擁有他、想把他留在身邊，如果早知道這份感覺如此美妙，梅特涅也許真的會為了他做出危險的事情來。梅特涅就像個第一次接觸毒品的小孩子，沈溺其中難以自拔。

『放鬆點，又不是第一次了——』

梅特涅知道自己的性器不是普通的大小。他忽地拔出手指，路易斯倒抽了一口氣，反應看起來簡直像個處女。然而，不管是他當時等著拉斐爾和馬車來接他，或是貿然地上了自己的馬車，這些行徑都是私生活混亂的證明，他不可能毫無經驗——此刻路易斯的眼神卻充滿迷茫，彷彿這一切他都是第一次經歷似的。

『……不要和別人上床。』

聽見梅特涅的話，路易斯掀動著睫毛，點了點頭。

『以後都只和我——好嗎？』

路易斯一連點了好幾次頭表示同意。

他是真心的嗎？看起來像是真心，但怎麼可能會是真的。

Chapter.9 ✦ ✦ ✦

梅特涅把性器插進路易斯擴張後的密穴。

『啊——痛、』

路易斯張大嘴，痛得說不出話來，一時無法呼吸。梅特涅光是插進一個前端，就能感受到裡面是多麼地緊緻。本以為已經充分地濕潤擴張了，卻還是緊到不像話。路易斯的裡面正緊緊地咬著梅特涅的性器，像是要把他給吸進去一樣。梅特涅感覺自己的理智已不復存在，他朝著路易斯的頸側不斷舔拭。路易斯大口呼吸著，發出了粗重的喘息聲。

『呃嗯——』

『很痛嗎？』

梅特涅一問，路易斯立刻猛點頭，像是插到他肚子裡似的深吸了好幾口氣。

『連一半都還沒進去呢，再放鬆一點……』

梅特涅哄了一下，路易斯便乖巧地點點頭。他眼眶噙著淚，儘管快痛死了也不哀叫，僅是不停地點頭。

路易斯努力地想要放鬆身後的力氣，但每當他試圖縮放穴口，就被梅特涅插在裡頭的性器給驚得渾身打顫。

梅特涅握住路易斯垂下的陰莖輕柔地套弄，上面吻著他的脖頸，下面同時愛撫著性器，路易斯便會發出微小的呻吟。梅特涅一點一點地向內插進去，感覺穴口已經張開到了極限，小小的洞口被完全撐開，繃到沒有任何皺摺。再用力推了下，前半段彷彿被吸入似的插了進去，梅特涅一鼓作氣地直接捅到了最底。

『——！』

路易斯連叫都叫不出聲，只能緊抓著床單，感覺大腿倏地抽搐，全身已被汗水打濕。

『要裂了、呃……好痛！』

路易斯全身都在顫抖，急促地喘息。

『沒有裂開，女孩子們也是每次做的時候又哭又叫的，你這裡還好得很。』

梅特涅裝出一副游刃有餘的樣子，事實上他感覺腦袋在發燙，熱得好像全部都要融化。路易斯的裡面真的太棒了。梅特涅跟數不清的人發生過關係，卻是初次體會到這樣的感覺。腦子完全無法思考，好像激動得要升天，整個身子都在發熱，神智渙散沒辦法清醒。

儘管想著現在還不能開始動，梅特涅的腰部卻不由自主擺動了起來。噗哧，梅特涅深深一插，路易斯像是要往後翻過去似的倒抽了一口氣。他的手放開了床單，改為抓住梅特涅的手臂，但又因為汗水過度濕滑，抓沒一下子就滑落下來，只留下了指甲的痕跡。

『哈啊，痛嗎？』

聽見梅特涅的詢問，路易斯奮力地張開嘴回答：

『痛、好痛啊、嗚、』

『可是你這裡怎麼回事？』

梅特涅指著路易斯半勃的陰莖問道。

隨後，他又開始大幅度地擺動著腰桿，摩擦著路易斯敏感的部位，路易斯只能不停地抽著氣。一見到路易斯有向後退縮的跡象，梅特涅隨即扣住了路易斯的大腿，把他拉了回來。路易斯急喘著扭動身子，發出了嗚咽聲。

梅特涅抬起路易斯的一條腿搭在自己肩膀上，在裡面緩緩搗弄著。內部原本就浸盈著精液，很快地充滿濕意，發出泥濘不堪的聲音。噗滋、噗滋，梅特涅淺淺地在裡面抽插。

『嗚、啊嗯、啊、』

『每次我捅進去，你的裡面就吸著我的肉棒不肯放，喜歡到求著我再多捅幾下——你這裡到底是怎麼被開發的，會騷成這樣？』

梅特涅一邊在路易斯耳邊低語，一邊往深處插。

身體相貼，靠近耳垂，梅特涅壓低了聲線說話，路易斯因此變得更加敏感，全身熱得泛起漂亮的紅暈。

路易斯隨著梅特涅操幹的動作晃動著身體，廉價的床鋪被搖得吱吱作響。

整個房間充滿了潮濕的熱氣和淫亂的聲響。被褥早已濕成一片，緊黏著身體。

梅特涅在路易斯胸膛又是吸又是舔，啃咬著他的肩頭，宛如動物在交配似的和他做愛。他頑固地對著路易斯敏感的那一點不停搗弄，弄得路易斯斷斷續續地射精。然後再用力抵著那處，同時將路易斯整個人攬進了懷裡。路易斯忍耐不住地發出如哭聲般的呻吟。

人的肌膚怎麼能如此甜美？

人的身體裡面怎麼能這般誘人？梅特涅抱著路易斯，感受他在自己懷裡大口喘息。他的心跳聲傳到了梅特涅的胸口，兩人就此相連在一起。噴灑在臉頰上灼熱的吐息和路易斯的體溫都讓梅特涅陷入瘋狂。

『路易斯。』

梅特涅摟著路易斯叫他的名字，路易斯一邊喘著一邊點了點頭。

Chapter.9 ✦ ✦ ✦

『路易斯……』

路易斯又點點頭，紅通通的臉蛋已被淚水浸濕。

『……』

梅特涅將額頭抵在路易斯的後頸，將他摟得更緊，下身也插得更深了，把路易斯頂得噎了一下。就算是多一點點也好，梅特涅只希望能夠和路易斯更緊密地結合在一起。

其實從初見那時起，梅特涅就一直想要將路易斯佔有。從路易斯呼喚他「梅特」的那一刻起，他就一直想讓那張白皙的臉龐變成這副模樣。每當看到路易斯單腳跪在自己面前請安時，他都想直接抓住他，把他抱進懷裡親吻他。梅特涅討厭看到他起身後匆匆逃離的身影，才會在路易斯跪在冰冷的地上時，忍不住要躊躇遲疑。每次見面總是挑路易斯毛病，也是為了讓路易斯能和自己多說一句話，讓他回頭看看自己。

感覺到路易斯的呼吸緩和了下來，梅特涅立刻又動了起來。他分開路易斯的兩腿，敞露出濕濘濘的胯下。

『啊、嗚——、啊、啊！』

路易斯的性器長得乾乾淨淨，好看又有精神，而且梅特涅簡直不敢相信，它是這麼地敏感，動不動就能夠射出液體來。

不知道是經過多少調教變得如此敏感，梅特涅光是插進後面搗弄，路易斯的前面就要忍不住了。都不用撫摸他的性器，他就能靠著後面高潮，射得滿肚子濕答答的。

路易斯第二次射出來的時候，梅特涅狠狠地在他的胸上咬了一口。

明明是個警備兵，皮膚卻如此白皙。不知道有多少人看過他這副肉體？梅特涅繼續在路易斯的胸口和肩膀上舔咬吸吮，如同用一隻滿是泥巴的髒腳在白皚皚的雪地上踐踏似的，留下一堆印記。他把路易斯雙腳抬起來，在小腿上也留下痕跡，翻轉過來抽插的時候，也在路易斯的背上弄出一堆吻痕。路易斯的腰脊處是敏感帶，梅特涅的唇瓣只要碰到那裡路易斯便會哆哆嗦嗦地握緊床單。

梅特涅像隻野獸似的大力擺動腰身，感覺自己成了一個喪失理智的生物。他在路易斯的裡面射了出來，精液滿到從穴口溢出，路易斯整個人癱落在床單上。

梅特涅的性器陡然拔出，趴在床上的路易斯彷彿被閃電擊中似的抽搐著。

『啊、啊……』

梅特涅攔住了企圖逃跑的路易斯，在他雪白的臀肉上囁咬，舔著他大腿內側最隱密的地方。

Chapter.9 ✦ ✦ ✦

梅特涅耐心舔拭著路易斯被精液、汗水、體液給浸澤得光滑澄亮的下體周遭。路易斯把臉埋在床單裡，只有大腿不停在顫抖。

『——』

梅特涅握住路易斯的手臂將他翻過來，黑色的髮梢被汗液濕濡，黏在額頭上，臉龐看起來性感又色情。還在喘氣的路易斯抬起頭來望著梅特涅的臉。

『……就是因為你用這種眼神看我，我才誤會的。』

路易斯覺得眼前的梅特涅漂亮得不可思議。他又用這種癡迷的目光望著梅特涅，也難怪梅特涅會產生錯覺。

這是梅特涅一生當中最慘痛的誤會。

『對不起，但是太令人感到神奇了……』

路易斯伸手捧住梅特涅的臉，輕撫著他長了痣的面頰，依然用如夢似幻的迷濛眼神抬頭望著梅特涅。

不曉得是因為做愛的關係，還是情緒受到了波動，梅特涅的心臟怦咚直跳。他明明已經喜歡上路易斯十多年了，如今卻像是重新墜入了愛河。難道他還可以陷得更深嗎？路易斯溫柔的笑容猶如泥淖，令他深陷其中。

『真的好美。』

木然的神情突然泛起微笑。路易斯說的話讓像是一把揪住了梅特涅的心臟，很是痛苦卻又那麼甜蜜。多希望今晚不要結束。

『路易斯。』

路易斯還在摩挲著梅特涅的臉頰，應了一聲是。

『……我要是從此再也無法放開你了，該如何是好？』

只是遠遠看著的那時，似乎還能把持得住，畢竟從未擁有，何來放手。但是一旦親密結合過，梅特涅頓時失去了信心。

路易斯像是無法理解這個問題，所以沒有回答。

『明天要和我聯絡。』

『……好的。』

『一定要聯絡我。』

『我知道了。』

Chapter.9 ✦ ✦ ✦

路易斯回答得十分輕鬆，彷彿覺得這有什麼難的。

梅特涅再度擁他入懷，親了又親。

待明天見面之時，他想要向路易斯正式提出交往的請求。他必須跟路易斯說，不要再和別人隨便發生關係，今後就只和自己在一起吧。

梅特涅的胸口激動地發燙，繼續和路易斯做了好幾回合。路易斯在射了五六次之後，累到失去了知覺，梅特涅仍舊將癱軟的路易斯抱在懷裡要他。他把眼睛都已經閉上的路易斯一次次地喚醒，對他無止盡地索求著。

直到天光漸亮，門外傳來了叩叩的敲門聲。

『殿下，上午有個國務會議。』

班奈狄克在門外戰戰兢兢地稟告。

梅特涅這才終於抽出了性器，低頭看著幾乎昏睡過去的路易斯，搖了搖他，試圖把他叫醒。

『路易斯。』

『……』

梅特涅看路易斯這樣的狀態，一時應該是起不來了。路易斯一邊發出呻吟一邊鑽進了被子裡。就連梅特涅幫他大致地擦拭身體時，他也完全沒有醒來。

『殿下。』

班奈狄克在門外的聲音顯得越來越著急了。梅特涅在路易斯熟睡的臉上親了親，持續在他耳邊唸著：

『記得和我聯絡。』

乍看路易斯彷彿有在點頭，其實已經睡得不省人事。梅特涅感覺不太放心，於是趕緊寫了張紙條留給路易斯，要他和自己聯絡。

梅特涅隨手套上衣服，一出房門，著急等待的班奈狄克便問道：

『需要把他送回家嗎？』

『不用了，讓他睡吧，他似乎很累的樣子。』

讓他再多休息一會，等天亮之後，最好就用那副任誰看了都知道他縱慾整晚的樣子回家。

反正路易斯已經答應了會和自己聯絡。

接下來，梅特涅便等待著路易斯的聯繫。

然而，一天、兩天，三天過去了，沒有任何消息。梅特涅也理解由於路易斯的轄區發生了殘忍的凶殺案件，他可能正忙著處理，但是，這也讓人等太久了。

『為什麼不聯絡我呢？』

明明信誓旦旦地承諾了會和自己聯絡，承諾了好幾次。

是忘了嗎？不可能。就算是有些醉意，他們可是轟轟烈烈地持續做了一整晚。除非他在某個石頭地板撞到頭，得了失憶症，不然是不可能就這麼忘記的。而且他也派了人在路易斯身邊盯著，並沒有聽到他突然失憶的消息。

這麼說來，就是他刻意不聯絡了——

『……他是故意在迴避我嗎？』

看著梅特涅終日坐立不安，已經連續等待了好些天，班奈狄克只能為難地陪著笑臉。

梅特涅就這麼將一整天的時間都浪費在等待路易斯的聯繫上。他每隔十分鐘就要問一次收到路易斯的消息了沒，然後一而再，再而三地失望。

『殿下直接聯絡他看看呢？或許是忙於調查最近那起凶殘的殺人案件，才沒辦法與您聯繫。』

『……也是。』

雖然不太情願，但至少比現在像隻等待主人垂憐的狗兒要來的好。

就在梅特涅放下手中捏得皺巴巴的公文，正要起身的瞬間。

『啟稟殿下，第二警備團捎來公文。』

梅特涅理所當然以為來的人是路易斯，連忙道：

『誰送來的？快讓他進來。』

傳話的侍從一時有些困窘：

『是戴夫副團長。』

『你說來人是誰？』

薩布里娜戴夫？梅特涅的臉頓時僵硬如冰。

『是薩布里娜．戴夫，她帶著請求協助的公文前來。』

侍從也是一臉的倉皇。班奈狄克認為眼下的情況實在是不忍卒睹，他甚至不敢去想像，梅特涅那如面具般僵硬的表情底下正在想著什麼。

『……』

梅特涅過於震驚，發出一聲輕笑。

是路易斯自己先跳上了馬車，不是自己硬拉他上車的。他主動上車，還說了那些勾引人的話。他們互相摟抱身體，愛撫著臉頰，共度了甜蜜的夜晚。他也數度點頭答應說會和自己聯絡。自己甚至留了張字條給他，他卻音訊全無，如今還敢指派別人送公文來，向自己提出協助辦案的要求？

就算找個年輕小女孩玩玩，都不會用這麼毫無誠意的手段。

假如對他而言，那天只是酒醉後犯下的一個錯誤，那也應該過來當面說清楚才是。然而路易斯卻沒有親自拜訪，只透過薩布里娜來提出請求，除此之外沒有任何交待。

在梅特涅忽視了幾次薩布里娜的請求之後，路易斯本人終於親自前來。

儘管梅特涅心裡不斷告誡自己，只有白痴才會願意見他，腳下朝著接待廳的步伐卻不自覺地加快，不知道是在期待些什麼。梅特涅為自己的行為找了個藉口，告訴自己只是因為好奇路易斯到底要說些什麼。

一開門，路易斯立刻從座位上起身，單膝跪地向他行禮。

『起來。』

『抱歉在您百忙之中叨擾，由於最近發生的事件需要第一警備團的協助，因此前來拜訪。』

才剛見到面，路易斯便開門見山地提出請求。

梅特涅愣愣地望著路易斯一臉淡漠的神情，無論他怎麼看，那雙漆黑的眼瞳裡愣是找不出半點羞怯或尷尬的跡象。

『……你要說的話就只有這些嗎？』

『咦？是的。』

路易斯歪斜著頭，不解還有什麼其他的話好說。

『……對我沒任何解釋就是了？』

還真是意料之外的發展。梅特涅萬萬沒想到，路易斯竟然會裝出一副什麼事都沒發生過的樣子。他以為對方頂多解釋那是個酒後亂性犯下的錯誤。

『公文放著，你走吧。』

梅特涅露出一個敷衍的微笑，路易斯聽了卻很是欣喜的模樣……

『謝謝殿下。』

平時木訥的臉蛋現在正開心地笑著，看起來特別可愛。

這簡直是比學院畢業典禮那天還要傷人。

梅特涅轉過身，努力克制自己想要掐死這個可愛男人的衝動。他胃部在翻騰，盤算著是否乾脆殺了對方，內心就不用這麼糾結痛苦了。

自此過了四個月。梅特涅徹底地迴避著與路易斯的一切接觸，直到他們在化裝舞會上再次碰面。

來到舞會的路易斯似是面有難色，但他最終還是去見了梅特涅。

隔天也是，再隔天也是。

如果你只是想要戲弄我，那麼陪你玩玩也無妨。

不過，享受樂趣必須付出代價的，你的頸子上和腳踝將會被扣上粗重的鎖鏈。

緋聞是個蜘蛛網。剛開始好像用手拂去就會消失，但不多時，它會像一個白色的繭將路易斯整個包裹起來。只要路易斯稍微和別人見面，馬上就會有他背叛了自己的輿論報導出現。就像拉斐爾那時出的新聞一樣。

梅特涅想起了自己可愛的小白兔，不禁咂著嘴。

多希望殺人案能繼續發生下去。

但是，那個連環殺人魔總有一天還是會被逮捕，一旦失去了見面的理由，他又會想辦法從自己身邊溜走了。

『這個拿去丟掉。』

梅特涅拿起那頂紅色假髮說道。

『要丟了嗎？』

『他說了不喜歡，那時候應該是真心話沒錯。』

即便如此，也不代表不戴了他就會喜歡。

梅特涅將假髮遞給班奈狄克，然後背過身去。

如果能打路易斯的腦袋瓜子，看看他到底在想些什麼就好了。梅特涅已經數不清有多少次因為那張淡漠的臉蛋偶爾露出的表情而自作多情，誤以為對方喜歡自己，才在事後一再失望。

若是用肉體關係來捆綁，他會變成自己的嗎？

梅特涅等待著即將到來的路易斯，一邊挑選著和自己眼睛顏色相襯的袖釦。

『侍從官大人。』

一名侍從匆忙入內呼喚著班奈狄克，傳達了有關路易斯的消息。侍從在耳邊低聲告知了什麼，班奈狄克皺起了眉頭來。

看來是則壞消息。

Chapter.9 ◆ ◆ ◆

◆◆◆

路易斯整晚徒勞無功，只平白逮到一個賽里昂，待天一亮，他立刻把工作交接給日班的組員，便下班去了。

本來下班之後路易斯都會直奔梅特涅的寢室或是餐廳，今天的他卻是跑去敲威頓公爵宅邸的大門。

上午九點半。這個時間來拜訪雖然是早了些，但是路易斯白天要陪著梅特涅，晚上又要輪班巡邏，忙得抽不出空檔。老是拿沒時間當成藉口一再地拖延，這樣下去會沒完沒了的。這次要正式地向對方提出拒絕、好好道歉，還有……就像薩布里娜所說的，必須清醒一點才行，路易斯自己都覺得最近自己不在狀態，老是走神。

哐哐。

路易斯抓著門環扣了兩下，隨即有侍從出來應門。

「我是來見威頓公爵閣下的。」

來。

聽見路易斯這麼說，侍從有些不知所措地退開，一位看起來像是管家的老先生快步走了出來。

「我是管家羅伯特，久仰您的大名，快請進來。」

「閣下不在嗎？」

路易斯冒著失禮的風險探頭往裡面瞧，羅伯特尷尬地直擺手。

「不是，因為主人還沒起床。您是要入內等候嗎？」

這還是他第一次去別人家拜訪時，被管家詢問是否要進屋等候，路易斯有些狐疑地點了點頭，心想，難道我應該在外面等待嗎？

「是我來得太早了，還是改天再來拜訪好了？」

見對方有些為難的樣子，路易斯這麼問道，羅伯特卻一把抓住他的胳膊。

「不會的，如果讓爵士您就這樣走了，我會挨主人罵的。請您務必在屋裡稍作等候。」

羅伯特將路易斯領至接待聽。

「這房子真不錯。」

路易斯環顧著四周，禮貌性地開口。霍爾頓總是說，去別人家拜訪時，最好記得向管家或女主人稱讚他們的房子。羅伯特果然露出些許開心的神情來。

「為您泡壺茶。」

「啊，不用了，我短短說幾句話就走了。」

路易斯雖然搖著手拒絕，羅伯特還是非常堅持地喀啦喀啦匆匆推著推車過來，茶具組瞬間已擺好在桌子上。路易斯雖然不想一大早就喝苦澀的茶，但還是先坐了下來。

「這是從北方帶回來的菊花茶，能夠讓心情安穩下來。」

「……聞起來很香呢。」

嘴上雖然是這麼說，事實上那味道令路易斯感到作嘔。看來是肚子裡敏感的那一位又在挑嘴了。

「有什麼不便之處嗎……？」

見路易斯低頭看著茶杯不動，羅伯特小心翼翼地問道。

「沒、沒什麼，我等茶冷了再喝，您不必費心。見完閣下我馬上就會離開了。」

「那個……您這樣我們主人會很難過的，廚師們已經在準備餐點了。」

路易斯心想，沒關係的，比起不留下用餐，我要說的事情會更令他難過，便搖頭拒絕：

「我剛值完夜班，所以沒什麼食慾，您就放著吧。公爵閣下如果今天沒辦法出來見我的話……」

路易斯正要說，「我下次再來拜訪」的這時候。

「……主人、主人您這一身裝扮、」

接待廳外傳來一陣小小的騷動。難道威頓公爵穿著睡衣跑出來了嗎？路易斯不甚在意地朝著接待廳門口看去，羅伯特也急忙要出去查看時，門忽然被打開。

「——！」

路易斯反射性地從位子上彈起，一手抓在腰間冰涼的劍柄上後退了幾步。

威頓公爵滿身是血地出現在接待廳門口。他穿的不是睡衣，而是外出的襯衫和褲子，手上和臉上竟然都沾染著鮮血。

當然，那並不是威頓公爵的血。那些噴濺的血滴模樣怎麼看都像是宰殺了什麼的痕跡。

這是什麼情況？路易斯的身子慢慢地又後退了一些。

「啊，不是的，是我昨天獵了一頭鹿……！」

「……鹿？」

路易斯一臉警惕地反問。威頓公爵使勁地點頭，在襯衫上擦了擦手。眼見那襯衫被血跡搞得亂七八糟，羅伯特的表情扭曲了起來。

「難得抓到一隻大傢伙，我想趁這個機會學習一下標本的製作，所以就親自動手了。看起來樣子有點可怕吧？聽到你來訪的消息，忍不住想趕過來見你。」

雖然他講得煞有其事，但不足以消除路易斯的疑慮。與其說是製作標本，不如說是在肢解動物還比較合理，那些血跡實在太詭異了。是什麼作法會讓血液那樣大量地飛濺在衣服上？用拳頭揍？用鐵鎚敲？

「——剛才不是說公爵閣下在睡覺嗎？」

路易斯質問羅伯特的同時一邊觀察著他的表情。羅伯特笑得一臉無奈，彷彿剛才那個皺著臉的人不是他似的。

「我以為是那樣的，昨天主人就一直說要親手製作標本，被我阻止了——沒想到會一大早自己偷偷地進行。」

「……」

路易斯來回注意著他和公爵的神色。威頓公爵似乎覺得這種情況很有趣的樣子。因為路易斯主動登門拜訪而讓他一直開心地面帶笑容。

「想什麼呢？難道你以為我砍的是人不成？要真是如此，我會用這副模樣出來見你嗎？」

「我知道。」

雖然知道，但那股毛骨悚然的感覺並沒有消失。再蠢的殺人犯，也不會在殺了人之後還衝出來迎接他這個警備團團長。

但是老管家在他臨時前來叩門時表現出的那種侷促不安的反應，真的是因為主人在睡覺的緣故嗎？還有那句奇怪的「要入內等候嗎」，只是一時的口誤？

路易斯不知道自己該馬上離開這棟房子，還是應該提出想去他的工作室參觀一下的要求。

假如威頓公爵真的是連環殺人魔的話，目前這個情況可以說是相當地危險。要自己一個人在這裡找出他殺人的證據？找到之後又該怎麼辦？對方會願意讓帶著證據的自己安然無恙地離開嗎？靠一己之力，似乎沒有辦法擊退這整棟宅邸裡的人，順利地逃出去。

然而，要是不把握這次機會，以後要再突擊的希望就更加渺茫了。申請搜索威頓公爵宅邸的程序非常繁複困難，很有可能根本拿不到搜查令。就算真的可以進行搜查，想必到時也找不出任何確鑿的證據。

「真好奇，到底是多大的鹿會讓公爵閣下想要親自做成標本，我可以去看看嗎？」

路易斯盡量裝作神色如常的樣子問道。威頓公爵一下子紅了臉，回答：

「那個、我技術太差，還不到能夠展示給你看的地步……你喝茶了嗎？要不要在這裡用個餐？……」

「不用了，我值完夜班直接過來的，得趕快回去休息才行。餐點和茶都不用了。」

路易斯的拒絕讓威頓公爵的臉上寫滿了失望之意。

「是在地下室嗎？」

真的有鹿嗎？路易斯歪了腦袋，想著是否應該帶著槍來比較好。

這個住在一號街的貴族富裕到一千盧安對他來說只是一點零頭。據路易斯對威頓公爵的了解，他身材高大，同時也擅長搏鬥。他以優異的成績完成了騎士課程，不是一般人所能對付的對象，甚至是普通的警備兵也很難贏得過他。

路易斯抬頭直視著公爵的眼睛。褐色的瞳孔很善良和善，看起來略顯興奮。路易斯無法判斷這是自己因懷疑而產生的錯覺，還是他真的殺了人，尚處在一個興奮的狀態之中。

「真的沒有什麼好看的……」

「這樣子啊，我並沒有要勉強您的意思。」

無論真實與否，沒有必要過度地去刺激他。路易斯點點頭，預備脫身。

「您這麼忙我還來叨擾，真是失禮，今天就先告辭了。」

回去要再多思考一下關於公爵襯衫上的血跡。更重要的是能不能將他列為嫌疑犯，當務之急是要確實了解目前的情況。一聽到路易斯要走，威頓公爵連忙抓住了他的手臂。

「不行，怎麼能就這樣離開呢。」

啊，對了，路易斯這才想起來自己是來拒絕對方的——不等路易斯開口拒絕和道歉，威頓公爵已經先拉住他的臂膀。

「——你是不是在懷疑我？雖然沒什麼好展示給你看的，但是我是真的有抓到一頭鹿。」

他抓著路易斯就往地下室的方向走。

「……」

這裡的地下室和其他宅邸沒有什麼太大的差別。不同於華麗典雅的屋內陳設，地下室的石牆幽暗陰涼。有一點比較特別的是，這裡有非常多的門，多到讓路易斯覺得在這裡工作的人應該不太容易進出的程度。通過了好幾扇門之後，出現一條長長的走廊。

Chapter.9 ✦ ✦ ✦

跟著他進到這裡來沒關係嗎？不是自己多疑，如果公爵真的是連環殺人魔的話，被他關在這麼多房間的其中一間裡，在神不知鬼不覺的情況下死去，似乎也不足為奇。

不會是真的吧？路易斯提防著跟在他身後的羅伯特和前方帶路的威頓公爵。為了能夠隨時拔出劍來，他所有的注意力都集中在腰間。

這會不會是陷阱？

路易斯感覺自己口乾舌燥了起來，繼續跟在公爵身後。

一行人啪搭啪搭的腳步聲在地下室迴盪。

羅伯特用鑰匙打開了裡面第二道鐵門。

伴隨著喀嚓的一聲，濃濃的血腥味和消毒劑的味道湧了出來。路易斯不由得屏住了呼吸，朝裡面看去。

CHAPT. 10

感情的縫隙

羅伯特執意要路易斯留下來用餐。

「不好意思，我胃不太舒服。」

幸好地下室裡真的掛著一頭鹿。路易斯原先擔心裡面會掛著屍體，或者只是一間空蕩蕩什麼都沒有的房間——剛好適合用來監禁別人，還好，比想像中來得普通。

只是這裡酒精味很嗆鼻，血腥味令人噁心。散落一地的內臟，血都流到了門前來。不難理解公爵的襯衫為何會變成那副模樣。說不准他這製作標本的技術到底如何，路易斯只知道他似乎很不會收拾。

一對到牆上掛著的鹿頭眼睛，路易斯胃部立刻一陣翻攪，不禁捂著嘴乾嘔了起來。

肚子裡的寶寶討厭打獵嗎？路易斯對於接觸屍體還算是習慣，不知道自己為何會一看到那頭鹿就感到非常不舒服。雖然說不出什麼明確的原因，就是覺得不太對勁，後頸陣陣發涼。

路易斯什麼請求諒解的話都來不急說，捂著嘴衝上了一樓，慌慌張張跟在身後的威頓公爵一臉愧疚：

「我沒想到你會受到這麼大的驚嚇。」

「沒有，是我最近身體真的狀況不太好，失禮了。」

聽到路易斯表示歉意，威頓公爵更是激動地連聲道歉。

「不是的，該說對不起的是我，真的很抱歉。」

對於這個一大早就跑來別人家打擾，還堅持要看什麼鹿屍體，搞得自己差點吐出來趕緊衝回一樓的人，威頓公爵其實根本沒必要感到抱歉。

羅伯特擔憂地看著還在擦嘴的路易斯：

「您的臉色太蒼白了，坐下來喝杯茶再……」

「不用了，是因為我昨晚熬夜，我想回去休息了。」

「但是您一身的冷汗……」

「不要緊的，只是稍微嚇了一跳罷了。」

羅伯特還想攔下路易斯，路易斯這時視線突然轉向了威頓公爵，「對了，」他開口道：

「我今天來，是有話想對公爵閣下說。」

聽到他的話，威頓公爵頓了一下。他用一種莫名的眼神看著路易斯，隨後回頭轉向了羅伯特：

「暫時迴避一下好嗎？」

「……」

處心積慮想把路易斯留下來的羅伯特在主人的一聲令下，迅速地離開了接待廳。

門一關上，便是一陣極度的沉默。路易斯咳地清了下喉嚨。

「抱歉這麼晚才給您答覆。聽說您昨天也有過來找我，我不是故意要躲著您的。」

「——我知道，你一定是工作很忙吧。我聽說了，探查行動還會持續下去。」

威頓公爵點點頭，表示他能夠理解。

「……」

路易斯和目光沉穩的對方相對望。英俊的五官，高大的身材，所有人一致公認他是個帥氣優秀的男性。

那褐色的眼珠子看起來直率又真誠。

『……不過，威頓公爵不是更好一些嗎？』

『如果要跟男人在一起的話，威頓公爵感覺是個更好的對象。』

薩布里娜和吉利安都是這麼說的，如果要在這兩人之中挑選一位的話，威頓公爵會是更佳的選擇。路易斯自己也認為他是個好人。就算不拿他和風流成性、輕浮浪蕩的梅特涅相提並論，他也確實是個溫文儒雅又溫柔親切的男人。

「……對不起，我考慮了很久，還是沒辦法接受閣下的心意。」

不管怎樣，路易斯還是無法和他在一起。

儘管知道他是個好人，單憑這種程度的好感是沒辦法談戀愛的。儘管路易斯再三地考慮，苦惱了好幾天，答案都是一樣：他沒辦法親吻威頓公爵。

「……」

聽了路易斯拒絕的答覆，威頓公爵臉上的表情僵硬得如同隨時會迸裂的玻璃。

他嘴巴開開合合了好一陣子，一時之間說不出話來。看得出來他完全沒想到會得到這樣的答覆。路易斯還以為對方已經有所察覺，原來並非如此。威頓公爵一副作夢也沒想到的震驚模樣，站都站不穩，用手摀住了整個臉龐。

「……是因為梅特、因為皇太子殿下的關係嗎？」

「什麼？」

「我在問你是不是因為他，因為你喜歡他所以才沒辦法接受我的心意？」

威頓公爵雙手抓著路易斯的肩膀，稍微提高了聲調問道。他那僵硬到快裂開的臉龐霎時恐怖地扭曲了起來。

「閣下。」

「路易斯，我——」

「閣下，請您冷靜一點。」

路易斯的語氣十分平靜，威頓公爵則像是在哽咽，他閉上了嘴巴，緊咬著牙根。路易斯感到喉嚨一陣乾澀。

「這件事與殿下無關。閣下您是一位非常好的人，不管是誰都會願意和您交往的，但是我、」

「但是你就是不願意。」

威頓公爵有些諷刺地搶了路易斯的話。

Chapter.10 ✦ ✦ ✦

路易斯的肩膀被他緊抓著，痛得感覺骨頭快要裂開，對方的雙手用力到了青筋暴現的程度。但路易斯的臉皺都不皺一下，因為，威頓公爵看起來比他預想中的還要難過痛苦。

「……對不起。」

路易斯沒有別的話可說。看著公爵痛苦的神情，他也僅是覺得遺憾，並沒有產生其他的情感。路易斯倒不是想要拯救他，也不打算阻止他露出這種表情，而是彷彿置身事外，覺得有些於心不忍而已。

「我想說，萬一你拒絕的話，」

威頓公爵撇了撇嘴，做出一個看不出是要哭還是要笑的表情。從他口中吐出的每的一個字，像是在嘴裡把內臟嚼碎了吐出來似的，帶著撕心裂肺的痛楚。

「我就要纏著你，向你苦苦哀求，只要你願意接受我，不管要我做什麼都可以……」

他緊抓著路易斯的兩隻胳膊，垂下了頭。

「但是你的眼神真的好冰冷無情啊……好像要被凍僵了……」

威頓公爵喃喃自語著。他的聲音太過痛苦，讓路易斯連道歉的話語都說不出口。他說的話沒錯，不管他如何哀求，自己的心意是不會變的。

自己的眼神很冰冷無情嗎？或許真是如此。

路易斯心情沈重的咬住了嘴唇。威頓公爵明明是個這麼好的人，自己卻要這樣傷害他，這件事情著實令路易斯感到既苦惱又為難。

「……」

公爵抬起頭來，帶著詭異的眼神。看到那雙被痛苦、傷痛和瘋狂所佔據的眼睛，路易斯的腳步不自覺地後退。就和剛才看到那頭鹿的時候一樣，頓時有種不寒而慄的感覺。

「——你來這裡的時候、」

公爵才剛開口，外面突然發出一陣騷動聲。「您這樣我們很為難、」「請稍等一下、」說話的聲音逐漸接近，門忽地打開來。

一位完全出乎意料的人物站在門口。

老天，竟然是班奈狄克。

「——您怎麼會來這裡？」

沒想到會在這邊見到班奈狄克，路易斯驚訝地脫口問道。

班奈狄克先是狠瞪了路易斯一眼，然後對著威頓公爵低頭行禮。

Chapter.10 ✦ ✦ ✦

「請原諒我的無禮。這是皇太子殿下的命令。」

這是梅特涅的命令？路易斯感到疑惑，眨了眨眼睛。班奈狄克大步走進了接待廳，臉上掛著如畫般的微笑：

「殿下託我立刻來接您過去。」

「您是在說我嗎？」

「是的，說您如果不願意過去，用綁的也要將您綁回去。」

竟然說要綁回去？理由是什麼？

班奈狄克並沒有多作說明，他看向了表情僵硬的威頓公爵：

「希望沒有打擾到您愉快的時光。」

如果人的話語能夠帶刺，大概就是這個樣子了吧。班奈狄克講話如此刺耳，路易斯聽了一驚，輪流看著面前兩人的表情。

「並不怎麼愉快。你特地跑來我家是來帶他走的？」

「一大清早就來打擾，確實非常失禮，但是這是殿下的命令——早上約好要見面的戀人不但沒有出現，甚至有出軌的嫌疑，皇太子殿下十分地不高興。」

「戀人？」

路易斯也被這個字眼給嚇了一跳。然而，班奈狄克卻泰然自若地歪斜了脖頸：

「哎，您都不看報紙的嗎？最近報紙報的全都是他們在一起的消息——總之，叨擾越久越是失禮，我們還是快點走吧。」

班奈狄克對著路易斯說道。

接待廳門外，羅伯特的表情很是可怕，威頓公爵也是一臉晦暗莫測的神色。他面上無表情，盯著班奈狄克的眼神卻像是要把他給撕成碎片殺了似的。

儘管承受著這般恐怖的視線，班奈狄克彷彿把威頓公爵當成了隱形人，逕自對著路易斯問道：

「艾力克斯爵士，您在這裡的事情都辦完了嗎？」

「是、是的。」

事情已經辦完了。儘管公爵還有話要說，路易斯這邊該提出的拒絕和道歉都已經結束了。剩下的就是公爵自己必須收拾好他自身的感情。

路易斯也覺得自己似乎有些無情，但這時若給予多餘的同情，或是還想去顧及他的感受，

Chapter.10 ✦ ✦ ✦

只會造成雙方糾纏不休的局面而已。

「我先告辭了，下次見。」

聽到路易斯道別的問候，威頓公爵憤恨地咬住了嘴唇。

路易斯跟在班奈狄克身後，從公爵的宅邸逃了出來。在他進去前明明沒半個人，如今好幾名記者已經駐守在宅邸門前，不知道究竟是何時得知消息而來。

「……」

而在路易斯眼前的，是一輛醒目到不行的四頭馬車。上面雖然沒有皇室的徽章，但任誰看了都知道這是皇室的馬車。

「該不會……」

路易斯看向班奈狄克，內心忍不住猜想著，應該不是吧？拜託請告訴我這不是真的！

不待班奈狄克反應，馬車的門已經打開。

那位路易斯心想應該不會出現的梅特涅從馬車上走了下來。

「……」

秋日的陽光從他背後映照而出，他的一頭白金髮閃動著熠熠銀光。平常就已經是個閃閃動人的美人了，今天更是增添了一股魄力。他抬眼望向路易斯。

又是那個冰霜般冷冽的眼神。

路易斯一時之間忘了下跪，只見梅特涅大步流星地朝自己走來，一把拉住了他的手臂，然後──

「──！」

路易斯感覺某種柔軟的東西碰到了嘴唇，梅特涅的臉正近在眼前──

原來他被吻了！

在他發出驚呼的這一刻，唇瓣被吮舔了一下，梅特涅的舌頭趁機鑽進他嘴裡。

這不是一個輕柔的問候之吻，而是一個濃烈又色情的深吻。梅特涅一隻手摟住他的腰不讓他後退，另一隻手則是扣住了他的臉頰。他不斷變換著接吻的角度，為這一吻傾注了更多鹹濕纏綿之意。在這麼一個太陽高掛的大白天、在這麼多人面前，根本不適合進行如此熱吻。

這個吻絲毫不給人閃躲的餘地，一直持續吻到路易斯的靈魂都快出竅，才以一聲響亮刺激的「啾」作為終結。

把路易斯濕糊的嘴唇吸吮到發出聲響，梅特涅分開唇瓣的同時眉眼彎彎地笑著。原先那雙

Chapter.10 ◆ ◆ ◆

冰冷的眸子消失在美麗的眼簾之間，露出了看起來非常愉悅的表情。

梅特涅溫柔地輕撫著路易斯的臉頰，說道：

「我來接你了，事情都辦完了嗎？」

路易斯恍恍惚惚地點了個頭，梅特涅便牽起他的手朝向馬車走去。站在一旁的記者們全都一臉愣神的模樣，只有手上的筆反射性地在筆記本上沙沙書寫著，每個人都被梅特涅露骨到了極致的炫耀行徑給震驚得失了神。

看來明天的報紙會很精彩了。

◆
◆
◆

一臉懵懂的路易斯被梅特涅牽著，跟著他上了馬車。一進去車廂，車門立刻關了起來。梅特涅到底來這裡做什麼呢？路易斯還沒問出口，梅特涅就先厲聲質問道：

「你為什麼要來這裡？」

「咦？」

「你明明答應過我不會接近拉斐爾的，這才沒幾天，你就自己跑去找他？你的話到底有沒有半點誠信可言？」

梅特涅用一副簡直不可思議的語氣說道。

路易斯這才想起梅特涅吩咐過的話，在薩布里娜上星期掀開那三角關係緋聞的報紙時，他確實說過要自己不要和威頓公爵走得太近。

「被你欺騙也不是一天兩天的事了，但每次後腦杓都還是會痛到發麻。就來聽聽看你的藉口吧——你是來這裡做什麼的？」

梅特涅的紫眸裡帶著冷冷的怒意。在這樣的眼神面前，路易斯開始變得惴惴不安，彷彿在被梅特涅質疑著自己是否有做出對他不忠的行為。

路易斯忽然想起來，自己上次在一時慌張的情況下，也是用這樣的心情在辯解的，一心顧著向梅特涅解釋自己沒有出軌。

「是因為，我上次沒能好好拒絕他……所以才會想要來跟他說清楚。」

「——你說你是來拒絕他的？就為了這件事？」

路易斯點著頭回答了梅特涅的疑問。

其實他們兩人從一開始就不是什麼正式交往的關係，所以根本也談不上出不出軌的問題。他不過是被梅特涅當成某人的替身，在被他玩弄罷了。上次路易斯是在過於驚慌的情況下才急於解釋，今天他終於發現好像有哪裡不太對勁。

「殿下您是為了什麼而來到這裡？」

在得知了路易斯是來拒絕對方之後，梅特涅的眼神比起方才頓時放鬆了不少。就像是聽見了一個意外的好消息似的。路易斯仔細地瞅著那張臉，眨了幾下眼睛。眼見梅特涅在聽了自己的解釋之後，心情彷如融雪後的春日那般舒暢了起來，路易斯腦中突然冒出了一個念頭。

「……那個，殿下您喜歡的人，是不是威頓公爵啊？」

路易斯話音剛落，一下子所有碎片彷彿完整地拼湊了起來。如果梅特涅喜歡的人是威頓公爵的話，那麼他至今的一切行為就都說得通了。

威頓公爵正是那個梅特涅喜歡了十多年，卻始終無法靠近的人。他就是和梅特涅同一時期在學院上學，並且和自己相似的那個男人。

雖然威頓公爵早了兩年畢業，但他確實也曾一起上過學院的課。就算帝國極度追求戀愛的自由性，同父異母兄弟之間的愛情還是不被允許的。路易斯時常聽到別人評論自己和威頓公爵兩人形象頗為相似的言論，加上公爵對自己的心意據說算是眾所周知的事情，如此分析下來，便不難理解梅特涅想要拆散自己和公爵的心思了。

「……」

原來是這樣子啊。路易斯看著梅特涅，感覺自己的胃部像吞了個大冰塊一樣寒涼。

「所以，您趕來這裡，是為了要阻止我和他過於親近是嗎？」

路易斯發現自己的聲音變得有些奇怪，冷冷的，聽起來陌生得像是別人在說話。

他明知梅特涅心儀的對象另有其人，況且梅特涅一開始就表明過很多次了，說自己只是個替代品，事到如今也沒什麼好意外的。由於梅特涅用小白兔作為代稱，聲稱這只是一個遊戲，路易斯確實也因此感到更加的自在輕鬆。

所以，路易斯想不明白，自己此刻的心情為何如此難以言喻。

「你問我是不是喜歡拉斐爾？」

梅特涅默默地眨了眨眼，然後伸出手撫上路易斯僵掉的面頰。他的眼睛些微放大，看起來很開心的樣子。

「這完全是個荒謬的臆測，你的想像力也太過荒唐了——」

Chapter.10 ✦ ✦ ✦

梅特涅細細打量著路易斯的表情。

「你這樣簡直就像是……」

他話說到一半停了下來，路易斯清楚地看到了那雙紫色瞳孔裡浸染著滿滿的雀躍之情。

不可能啊，梅特涅咕噥地說著，深吸了一口氣。不對啊，不可能會是這樣，我被你誤導了多少次啊——他喃喃自語說了一堆路易斯聽不懂的話。

「但是，」梅特涅繼續對路易斯說道：

「你看起來就像是在吃醋一樣。」

「——不是的。」

竟然被說是在吃醋。路易斯蹙起了眉心，正想把梅特涅的手推開，梅特涅率先動作，把路易斯推到了座墊上。華麗到刺眼的四頭馬車座椅相當寬敞，大到人足以橫躺在座墊上的程度。

梅特涅的身體疊在了路易斯的身上：

「當然不是了。你不可能會因為我吃醋，這一點我是最清楚不過了。你的臉部表情和你心裡所想的根本是兩回事，所以就算你露出那種神情來，心中其實還是一樣的冷血無情吧？——但是……」

梅特涅的嘴巴動了動。

不知道是不是錯覺，路易斯感覺梅特涅的唇瓣好像微微地在顫抖。他並不知道自己露出了哪種神情。雖然梅特涅的紫眸裡正倒映著自己的臉龐，但他無法從中辨識出自己的表情。梅特涅的瞳孔裡透出了喜悅的光彩，實在是漂亮到了令人覺得可惡的程度。

「就算被你騙了也沒關係。」

梅特涅的雙唇含住了路易斯的下唇。

路易斯的胸口感覺如凍結般的冰冷，但被梅特涅咬住的唇瓣卻很暖和。好奇怪的感覺。

梅特涅的唇逐一在路易斯的臉頰、眼睛和前額上親吻著。路易斯感覺身體的熱度在蔓延，不知道是因為那溫熱唇瓣的關係，還是被那俯視著自己的炙熱眼神給害的。

「路易斯。」

「……」

路易斯閉著嘴沒有回答。

「路易斯。」

Chapter.10 ✦ ✦ ✦

部。

「……」

梅特涅的嘴唇貼在路易斯的頸側，呼喚著他的名字。

「路易，我的小兔子，求求你回答我吧。」

梅特涅的低語繾綣而甜美，好似在向戀人哀求的嗓音，讓那股高溫燒到了路易斯的脖子根部。

「……您一直叫我做什麼？」

終於等到了路易斯開口回應，梅特涅輕笑著吻上了路易斯的嘴巴。跟剛才在記者們面前的那個吻一樣，這是個熱切的濕吻。路易斯仰躺在座墊上，單方面承受著梅特涅的吻。

這是為什麼呢？為何和威頓公爵絕對不能發生的事情，換成了梅特涅，自己就能如此輕易地接受？

梅特涅的吻促使身體逐漸升溫。路易斯感覺到他的手正在解著自己的褲子，他趕緊拎起褲子試圖阻擋梅特涅的動作。然而褲子瞬間唰地被剝了下來，快得就像在剝去玉米的外殼。

「等一下，現在是在馬車上啊。」

路易斯緊抓著內褲，慌忙地阻止道。雖然和梅特涅不是第一次發生關係，但除了在涼亭裡的那一次外，其他都是在寢室裡互相觸摸撫慰身體而已。在戶外的涼亭就已經夠讓路易斯窒息了，更別說是要在這個外面滿是人的空間裡肉體接觸。

然而，路易斯從梅特涅的眼神裡看出了濃濃的欲望，光是愛撫的程度似乎無法滿足。

「在我開口之前，沒有人會把門打開的。」

「不是那個、問題啊、殿下！」

在路易斯蜷縮了身子的瞬間，梅特涅的手已經拽下了他的內褲。儘管馬車寬敞到了空曠的地步，路易斯仍舊被逼到了角落，無處可遁逃。

「路易斯。」

梅特涅將雙腿屈起的路易斯給摟進懷裡，吻上他的肩膀和脖子，充滿憐愛地親吻著每一處，然後舔著路易斯發紅的耳朵，笑著道：

「你身為警備團團長，怎能如此疏於防備呢？」

他扣住路易斯蜷曲的兩腳腳踝，往兩側一把拉了開來。路易斯身體掙扎著，下意識的反抗動作差點要伸手掐上梅特涅的脖子，就在他驚覺住手的下一秒，梅特涅已經佔據了路易斯雙腿之間的位置。

Chapter.10 ✦ ✦ ✦

「……看來殿下每天就只顧著練習把人雙腿分開的技術了。」

梅特涅脫別人衣服、把人放倒的技巧真是令人驚嘆，厲害到都可以拿來當成體術的教材示範了。

聽到路易斯這番指責，梅特涅的眼裡帶著愉悅，噗哧笑了出來。

「你是在吃醋嗎？」

「才不是。」

雖然有想到他到底是脫了多少人的衣服才能動作這麼熟練，但是這哪裡是吃醋，太令人無言了。

哐啷，馬車突然晃了下。這一下的晃動讓路易斯再次意識到自己在馬車上裸露著下體的事實，頓時又覺得羞恥不已。梅特涅淫靡地笑著，一邊舔濕自己的手指。路易斯能感受到馬車車廂裡已氤氳著浪蕩的熱氣。

「我們先前玩的都太孩子氣了是吧？」

梅特涅的手指沾滿了唾液，濕到流下來的程度，他將手指伸到路易斯的密穴處揉按著。路易斯試圖要推開梅特涅的手，梅特涅卻拿另一隻手握住了路易斯的性器。路易斯像個人質一樣被前後挾持著，正欲推拒，梅特涅竟一口含住了路易斯的性器。

「——！」

路易斯緊捂著自己差點發出尖叫的嘴。

梅特涅竟在吸著自己的下體。路易斯忍不住屈起雙腿，儘管想要推開梅特涅，但被他用力吸吮著尖端，路易斯只覺得眼前陣陣發白。

「殿下、呃嗯——」

他一張口，就禁不住要發出呻吟，根本無法說出完整的話來。梅特涅那張嘴刁鑽地吮舔、不停吞吐著路易斯的陰莖，刺激得他腰身連連發顫。這是路易斯的頭一次，這種事情——

「——呃、啊、」

殷紅的舌頭緩慢地一路舔過路易斯的柱身。梅特涅用唇肉像在搔癢似的摩擦肉柱，再用舌頭折磨著頂端的部分。乍一看，梅特涅舌頭上沾的不是唾液，而是更為清澈的液體。他竟用那副聖潔禁慾的面孔，做出如同娼女般放蕩的行為，還極度的魅惑性感。

路易斯用雙手摀著嘴，眼睛也緊緊閉了起來。大腿抖得像是隨時就要射出來一樣。這樣的刺激對路易斯來說太過強烈，他的腰身不斷嘗試向後縮，但後面已經退無可退。就算是遭受嚴

Chapter.10 ✦ ✦ ✦

刑拷打，路易斯或許都還能忍受，如今這番刺激比拷問還要令他感到煎熬難耐。梅特涅的技巧實在太純熟了。路易斯伸手想要推開他，梅特涅便使勁吸著龜頭，不停地摩擦敏感的尖端。路易斯意圖推拒他的手只好揪住了梅特涅那一頭閃亮的金髮。

「——！」

路易斯再也受不了了，他趕緊爬起來，想著一定要把梅特涅給推開才行，沒想到下一秒，梅特涅遂將路易斯的性器吞進了更深的地方，深到路易斯可以感覺抵到了梅特涅的喉嚨口。那條地緊縮的感覺，讓路易斯像被絞出了精液似的射了出來，梅特涅這才吐出了他的下身。乳白的精液汩汩地噴洩在梅特涅紅潤的舌頭上，唇瓣上濕滑的黏液甚至滴落在路易斯的性器上。啊……射了好多，路易斯忙道：

「——對不起！」

他匆匆伸手要去擦，梅特涅這時卻把嘴裡含著的精液吐在路易斯的後穴上。

「因為沒有潤滑劑。」

梅特涅懶洋洋地嘀咕著。

路易斯還在眨著眼，不曉得他在說些什麼，梅特涅白皙的指頭已經非常溫柔地推了進去。

趁他全身鬆懈下來的時候進入，路易斯根本就來不及阻止。

路易斯咬著牙，感受下身那股微涼的異物感。梅特涅的指頭嫻熟地在裡面按壓，將黏滑的體液塗抹開來，不斷擴張著路易斯的內壁。梅特涅的臉頰也開始漲紅。

路易斯不敢相信他們現在是身處在馬車之上。馬車似乎還在前往皇宮的途中，沿路發出小聲的喀躂聲響。窗簾之外即是最熱鬧的街區，是光天化日之下人來人往的大街。

「呃、殿下！」

「叫我梅特。」

梅特涅再添一根手指，撐開了穴口，奮力地在裡面輾按著。

怎麼可以呢——路易斯都還沒答話，梅特涅突然揉按到了路易斯裡面的某一處。路易斯抽噎了一聲，倒抽一口氣，肩膀禁不住地聳動。梅特涅使勁揉捻著內部，然後抽出了完全濕漉的手指頭，同時帶出了一道黏糊的聲音。不知何時梅特涅已經掏出了他駭人的性器，抵在濕滑的入口，然後速度十分緩慢，卻一刻不耽誤地推了進去。

「呃、啊——」

等等！後穴被巨物塞了進來，路易斯深吸了一口氣。穴口雖然有擴開，但後面本來就不是

Chapter.10 ✦ ✦ ✦

讓那種東西進來的地方。

「你的精液好濕滑，我一下子就進去了。」

梅特涅用灼熱沙啞的嗓音在路易斯耳邊低語。

什麼一下子就進去了，你這什麼皇太子，是瘋了嗎？路易斯雖然很想這樣大喊出聲，但是卻發不出聲音來。明明不是第一次被男人的性器進入身體裡，路易斯感覺就像初次一樣陌生，渾身直起寒顫。

「啊、嗬、呃──」

擠進如此窄小穴口的梅特涅或許也不輕鬆，白皙的額頭上已全是汗水。他燒紅了眼眶，持續挺進性器的前端，然後舔著路易斯汗濕的耳際，一邊低聲呢喃說全部都進去了。

「──啊呃！」

哪有全部，根本連一半都還沒進來。

「只要前面這裡能進去，後面就會直接吸進去了。」

梅特涅發出低沉的笑聲，勾起路易斯的腰身。路易斯還沒搞懂他的意思，就咳地倒吸了一口涼氣。梅特涅一鼓作氣地長驅直入，路易斯感覺像有根粗大的棍棒硬生生戳進了自己體內。

「哈哈——」

梅特涅低低地笑著。

「這個、真的是要瘋了——簡直熱得讓人受不了。」

他抽著氣說道。

路易斯大口大口地喘氣，努力適應著裡面那個巨大的物體。生理性的淚水順著眼角流淌而下，路易斯感覺全身都在發燙。馬車再次哐啷地顛簸了下，梅特涅的巨物也隨之在體內劇烈震顫。

「嗚、呃、」

梅特涅退出去一大截，然後啪地，一口氣又全插了進去。他重複了好幾遍這種深出又深入的動作，像是要在裡面開拓出一條通道似的，不斷地在裡面搗弄深掘。

抽插的動作發出了肉體加上液體相互摩擦的聲音。梅特涅像是要完全拔出去似的退出，再深深撞進最深處，直到他的陰毛可以碰到路易斯的屁股。

「殿下拜託、嗚、」

梅特涅的每次進出都不停地掃過路易斯的敏感點。他把路易斯的大腿用力推至底部，將自己的額頭貼在路易斯通紅的臉頰上：

「路易斯、唔、叫我的、名字。」

「哈啊、啊嗯……」

路易斯還在琢磨，叫名字，這又是什麼奇怪的癖好，啪地一響，梅特涅已經再度狠狠地插了進來。

「就像學院時期那樣……叫我梅特、好不好？快點、叫一聲試試。」

梅特涅又大幅度地退了出去，蓄勢待發，簡直像在威脅路易斯說如果不叫的話，他就要操進更深的地方。明知這樣撞進來肯定又會疼痛難耐，路易斯還是閉著嘴，不願意叫他的名字。

路易斯希望他們能維持以殿下和小白兔來互稱就好，不想要產生混淆。要是叫了殿下的名字，好像某種情感也會摻雜進彼此之中。

「還真是……有夠頑固的。」

梅特涅發出輕笑，吻上路易斯的嘴，隨後再次地挺進。唔呃……聽到路易斯發出呻吟，梅特涅這次放緩了動作。嗬！路易斯被他晃動得撬起了嘴。衣服的布料相互摩擦，肉體和肉體互相撞擊著。梅特涅在路易斯撬著嘴的手背上不住地親吻。

「嗯——啊、啊嗬、殿下、不要、呃、」

「叫叫看嘛，嗯？」

儘管路易斯忍著不發出聲音，緊閉的唇瓣還是無法控制地溢出呻吟。梅特涅持續不懈地在敏感的內壁上又是頂弄又是磨捻。

路易斯已出了一身淋漓的汗水，渾身泛起潮紅。即使扭動身體躲避，也難以擺脫對方緊緊交纏的身軀。梅特涅每次插入，那結實的腹肌也同時在碾壓搓揉著路易斯的肉莖。

「路易斯。」

梅特涅不停歇地在他耳邊甜甜叫喚著。

「路易斯，路易、我的小白兔。」

渾身發熱的路易斯感覺現在耳朵最燙，燙得他都要融掉了。

「嗚——特、梅特……」

路易斯一邊急喘著一邊叫了出來，梅特涅陡然停頓了片刻，倏地激動地吻住路易斯的唇瓣，大力得像是要咬下他的唇肉似的。下身的抽插也在暫停半晌之後變得更加猛烈，操得路易斯的頭碰碰碰地撞在馬車的車壁上。

Chapter.10 ✦ ✦ ✦

馬車似乎早已停駐在了某處。

外頭的人肯定都在疑惑為何他們還不出來。馬車搖晃成這樣，他們一定都知道裡面的人是在做些什麼——儘管如此，路易斯抹去了腦海裡的這些念頭，隨著梅特涅的身軀晃動，繼續與他糾纏。沒有攀緊梅特涅襯衫的話，感覺自己就要摔下去哪裡似的。嘴上正吻得激烈，他的眼前迸出一片白光。

「呃嗯……嗚、啊、啊！」

就在路易斯要射精的剎那，梅特涅單手握住了路易斯的陰莖前端，堵住了鈴口。

「啊、別、別這樣——！」

在射精感被壓抑的同時，在磨蹭著內壁的尖銳快感之中，路易斯的腰肢直打哆嗦，感覺自己瀕臨瘋狂的邊緣，就快要瘋掉了。

「路易斯。」

「放、請放開我，嗚……！」

路易斯眼眶含淚地仰起頭瞪著梅特涅，像個急著想撒尿的孩子一般氣喘吁吁，在梅特涅的注視之下張合著嘴巴。

「路易斯，我可愛的兔子。」

梅特涅掃視著路易斯臉頰的眼神不同於往常，美麗的紫瞳發散著灼灼目光，令人顫慄。

路易斯被震懾了下，呆呆眨著眼，對方的美顏這時慢慢地露出笑來。

「你……想不想懷個寶寶？」

那是一個極小聲又含糊不清的低語。

「——」

剎那間，路易斯突然喘不過氣。他忘記自己已經懷孕的事實，本能地想要往後退開。就在他正要抽身的下一秒，梅特涅一把掐住路易斯腰際，狠狠地撞了進去。

「——呃——！」

梅特涅鬆開了路易斯的頂端處，路易斯在射出來的那一刻，體內也同時遭到充填淹沒。

他大口喘息，整個身子止不住地顫動，全身汗毛直豎，皮膚泛起了一層疙瘩來。他能感覺到有熱燙的東西在裡面流淌。

那是梅特涅射在他深處的精液。

梅特涅繼而在裡面頂弄了好幾下，才抽出性器。白濁的精液從緩緩閉合的穴口裡漏了出來。

Chapter.10 ♦ ♦ ♦

「……什麼、」

路易斯用驚訝的眼神望著梅特涅。

他滿身熱燙，感覺快無法呼吸，腦袋卻冷卻了下來。

梅特涅用一種他看不懂的眼神盯著精液淌下的畫面，笑道：

「別擔心，僅僅這種程度，是不會懷孕的。」

聽了梅特涅這番安撫，路易斯忿然咬住了下唇。

「……」

一把推開梅特涅，路易斯撿起掉在地板的內褲穿上。從裡面流出的精液很快地浸濕了內褲。

路易斯嚥下差點脫口而出的髒話，正要撿起褲子，就被梅特涅攫住了手腕。

「怎麼了，這麼不高興？反正你也知道的，要懷孕沒有這麼簡單，也有人說這根本就已經失效了。」

知道個頭。路易斯只知道他因為一夜情就順利中了大獎。雖然已經懷孕了，不必擔心二度中獎的問題，自己的反應是有點過大了。但這情況讓他原封不動地回想起了被彼得宣佈懷孕四個月時的那種不知所措，也想起四個月前失去了記憶的那一晚。就是因為自己沒好好打起精神才落得那般處境，現在竟然又一次昏了頭。

這次甚至是在神智清醒的情況下發生的。

「路易斯。」

聽見梅特涅溫柔的呼喚，路易斯垂眼看著他。

「——您讓我懷孕了之後是打算做什麼？」

明明有個心儀了十多年的人在，卻讓隨便玩玩的對象懷孕，這也太過分了。

不管如何受他擺佈或玩弄，自己終究是個有血有肉的人，不是玩具，難道他是覺得玩壞了也無所謂嗎？

要是是皇太子的子嗣，墮胎就不用想了，這可不是生下來送進宮裡就能解決的事情。

「你說呢？要不來結個婚？」

梅特涅歪著頭，臉上笑意盈盈，彷彿他說的是認真的。

「您別開玩笑了。」

太不像話了，路易斯皺起眉頭。

他到時不要因為覺得丟人，把自己監禁在某個高塔裡就很謝天謝地了。

路易斯穿上了褲子，整個人狼狽不堪。他又餓又睏的，看起來簡直一團糟。要是被管家霍爾頓見到這模樣，肯定會抓著路易斯痛哭流涕。

路易斯瞥了一眼笑咪咪的梅特涅，說道：

「請您褲子穿好，好像已經抵達皇宮了。」

其實早就抵達好一陣子了。早在梅特涅插進去之後沒多久，馬車就停了下來。到了卻不開門下車，在裡面乒乒碰碰地發出撞擊聲，應該全世界都知道他們在裡面做了什麼事情。路易斯這輩子還是第一次體會到，不過是開個馬車門而已，竟背負著如此沈重的壓力。

薩布里娜和彼得、霍爾頓和妹妹瓊妮、端莊儒雅的父母親，路易斯的腦海裡頓時掠過了這些人對自己叨念或嘆氣的面孔。即使全部的報紙在都批評他不知檢點，他平時也不甚介意，因為那並非事實。但自己竟公然在光天化日之下，在橫越著大街的馬車裡做愛，這是極為不檢點，淫蕩又低俗的行為。

路易斯深怕外面有自己認識的臉孔，握著門把發出一聲憂心忡忡的嘆息時，身後的梅特涅突然朝他丟出一句話：

「——如果不是在開玩笑，」

梅特涅的聲音裡沒有半點笑意，路易斯不由得抬起頭來，轉身向他看去。只見梅特涅臉上沒什麼表情地再問了一遍：

「如果我真的願意，你打算怎麼辦？」

CHAPT. 11

路易斯・艾力克斯爵士的懷孕症狀

「什麼？」

他說了什麼？路易斯蹙起眉頭來，梅特涅沒有回答他，而是慢條斯理地露出一個慵懶的笑容。

「……」

那張明亮白淨的面龐美極了。明明兩人一起在馬車裡翻雲覆雨，路易斯不懂為何這個男人仍舊是一副端正清秀的模樣。路易斯望著一扣上褲頭立刻恢復整潔儀容的梅特涅，一時之間忘記對方剛才說了些什麼。

梅特涅伸手牽住了路易斯的，開口問道：

「你打算逃跑嗎？」

Chapter.11 ✦ ✦ ✦

「……」

原來剛才的話題還沒結束。路易斯低頭看向那握著自己的白皙手掌，又抬頭注視著梅特涅的臉龐。彎彎的眼眸遮擋住了瞳孔，讓路易斯看不清他是在說玩笑話還是說正經的。

「殿下。」

路易斯就當作他是認真的。

「發現事情不能如自己所願便開始自暴自棄，這是小孩子才有的行為。」

「……嗯？」

「怎麼能因為無法和喜歡的人在一起，就找個和他相像的人結婚呢？就算是開玩笑的也太過分了。這不是一場單純的婚事，而是關乎帝國的太子妃和未來皇后的大事。」

梅特涅不尊重自己的這件事姑且不提，這番言論著實令人感到心寒。他怎能如此認真地說出這種不像樣的話來呢？路易斯為了不露出內心深感失望的模樣，將嘆息聲吞進肚子裡，打開了馬車門。

「……」

站在馬車門前的，只有一位等著開門的侍從，但是在遠處圍觀的人數卻比路易斯預期的要多上了好幾倍，似乎是太子宮裡所有的侍從全都出來迎接了。路易斯開門的瞬間，現場一片鴉雀無聲，眾人投向他的視線卻都帶著一種看好戲的意味。

當初還罵記者亂寫淫穢小說，看來現在不該叫做淫穢小說了，應該稱為預言書才對。

「……」

馬車門前的侍從如同攙扶女士下車一般地伸出了手來。平常都是在護送別人的路易斯，這下子反成了被護送的對象。他皺了皺眉，正想裝作沒看見，腳下一踩，隨即發生了慘劇。

「路易斯！」

路易斯想假裝成一副若無其事的樣子下車的，可惜天不從人願。就在他腳尖踩地的瞬間，腰部和胯下的劇烈疼痛加上兩腳的癱軟無力一併來襲，讓路易斯狼狽地向前栽了一個大跟頭。他宛如一隻剛出生的小馬，腳步顳頇地滾下了階梯。只能說，讓那粗長巨大的東西在身體裡搗弄了那麼久，會有這樣的後果算是理所當然的吧。

「御醫！班奈狄克！去叫御醫！」

路易斯的意識模模糊糊。臉頰由於擦撞在地面上，傳來火辣辣的痛感，下半身還在陣陣刺痛著，只見遠處待命的侍從們蜂擁地衝上前來。梅特涅一臉彷彿哪裡起了戰事似的，緊張地大

Chapter.11 ✦ ✦ ✦

吼著要找御醫。路易斯看見了班奈狄克急急忙忙跑去傳喚御醫的身影。

「路易、你有沒有怎樣？」

「請別這麼大驚小怪的，我只是摔了一跤而已。」

路易斯趕緊阻攔過於慌張的梅特涅。身為一名警備團團長，做愛之後兩腿發軟地跌倒已經夠丟臉了，還被他這樣高喊著要傳喚醫生，路易斯感覺自己羞恥到想自殺的心都有了。

「反正御醫也只是幫我上藥而已。」

御醫又不是什麼魔法師，他們也沒有辦法僅靠單次的治療就治好這種皮外傷。何況這也不是那種需要即刻醫治的大傷口，只是點小傷罷了。

「那是你沒照鏡子所以不曉得，都摔成這副德性了，這時候還顧什麼面子？」

「不是、那是……」

無論臉上摔得有多嚴重，又不是哪裡斷裂或被砍了，路易斯當然認為比起臉上的傷勢，維護自尊心更為重要，梅特涅卻不是這麼想的。他正一臉嚴肅地盯著路易斯的傷口。

「你的手才剛復原沒多久——護身倒法怎麼做得這麼差勁呢？媽的，看起來簡直像故意拿臉去摩擦地面一樣。」

「……」

見梅特涅生氣到連髒話都罵了出來，路易斯回想起自己剛才倒地的那一刻，訥訥地閉上了嘴。他這一摔的確是不太尋常。因為在失去重心的那個瞬間，他下意識地用手護住了自己的肚子——連路易斯都不明白自己怎麼會出現這樣子的反應。

梅特涅臉上滿是怒意地看著路易斯受了傷的面頰，顯得十分焦躁。那隻避開傷口撫上路易斯臉龐的手微微發著抖。

「……」

在梅特涅充滿擔憂的目光裡，路易斯心中頓時起了一種微妙的感受。自己又不是摔斷了骨頭，只是臉頰稍微擦傷而已。

「殿下，我沒事。」

「哪裡沒事了？臉都傷成這樣子了還說沒事？」

說完，梅特涅瞪了一眼馬車的階梯和地面，像是要把它們給當場毀滅似的。由於路易斯還坐在地上沒能起身，梅特涅亦是單膝跪在泥土地上的狀態。趕上前來的侍從們全是一副躊躇無措的樣子。尊貴的皇太子竟然跪坐在泥地上，所有侍從的腦海裡此時都閃現著「事態緊急」的跑馬燈。路易斯感到既尷尬又難為情，又不是什麼三歲孩子，不過是在地上跌了一跤，結果卻鬧得如此大陣仗，困窘得他嗓子都要冒煙了。

這時，班奈狄克帶著御醫們從另一頭慌慌張張地跑來。見到御醫出現，梅特涅驀地將路易斯一把攔腰抱起。

「等等、殿下！」

被梅特涅出其不意像個公主似的抱在懷裡，路易斯大吃一驚就想掙脫，梅特涅忽然用天降冰霜般的語氣道：

「路易斯，如果你真的想自己走，是也無妨。」

路易斯還未開口，他又接著說了：

「你要是今天在我眼前再摔倒一次，那麼從今天開始，所有的宮廷侍從就得把整個太子宮給全部鋪滿地毯，他們可是會變得很忙的。」

「什麼？」

這麼大的一座太子宮是要如何全部鋪上地毯，路易斯無法理解梅特涅異想天開的發言，但是就在這一刻，感覺侍從們看著自己的眼神登時犀利了起來。

「假如你對侍從們懷有一絲的憐憫之意，那就為了他們好好忍耐。」

梅特涅懶洋洋地笑著。

路易斯一時無法分辨他究竟是在開玩笑還是說真格的。不管怎麼想，他應該只是嘴上說說的，但侍從們卻好像都當真了。路易斯只好忍下嘆氣的衝動，乖乖地被梅特涅抱在懷裡。

到底哪些是玩笑話，哪些是真心話，實在是難以辨別。

◆ ◆ ◆

路易斯照了鏡子，傷勢並不嚴重。雖然頰側和鼻尖因為擦到了地面可能會留下疤痕，但沒什麼大礙，實在是不需要御醫這樣急匆匆地趕來，跑得連頭髮都亂了。御醫替路易斯上了藥再覆上紗布，和彼得平常的治療步驟沒什麼兩樣。

事實上，比起臉部的擦傷，路易斯濕濡的屁股才更加不適。體內一直有種異物感在隱隱作痛，彷彿梅特涅還留在身體裡面，還有大腿表皮摩擦的灼痛感。明明這些感覺更不舒服，路易斯卻無法對御醫開口。

「雖然不會留下疤痕，但這段時間還是繼續擦藥比較好。睡覺的時候因為會沾到被子，所以請貼個紗布在上面。」

「謝謝您。」

「……明天需要我再過來一趟嗎？」

梅特涅坐在一旁的椅子上，冷靜地用凌厲的視線觀看了整個過程。御醫害怕得不敢直視他的眼神，稍稍迴避著視線一邊向他詢問。

「只要替他上藥和換紗布就可以了嗎？」

「是的，洗臉時，只能用濕毛巾避開傷口部分擦拭。其他地方檢查過了都無礙……」

就算再怎樣盡量提供治療，也不可能在擦傷的傷口上放置骨折的固定夾板，更沒有施行手術的必要。梅特涅看了路易斯一眼，說了：

「全都放著吧，我來幫他換藥就好。」

有些疲倦想睡的路易斯抬起頭來看向梅特涅。御醫於是將帶來的藥膏、紗布、繃帶和止痛藥通通放在桌上後，頭也不回地逃出了寢室。

路易斯尷尬地道：

「我可以自己擦。」

梅特涅直接忽略了路易斯的主張，從座位上站了起來。

「你要吃飯，還是要先睡覺？」

「……」

這是一個難以抉擇的問題。路易斯的肚子裡不斷傳來了討飯的隆隆聲響，彷彿打雷似的，但是眼皮又已經累到闔上一半的狀態了。

「先睡覺好了……」

路易斯口齒不清地答著，梅特涅於是牽起路易斯的手腕拉他起身。

「啊，我想洗過澡再睡。」

下面還是濕濕的。被梅特涅射在裡面又直接穿上了內褲，每走一步都感覺黏糊糊的，非常不舒服。

「就直接睡吧，不是很睏了嘛？等睡起來再洗就可以了……你的眼睛根本都已經張不開了。」

梅特涅寵溺地笑著說道。他的聲音聽起來甜美得宛如惡魔的低語。

Chapter.11 ◆ ◆ ◆

「你都睏到連飯都沒辦法吃了，還洗什麼澡。在浴室裡睡著的話很危險的，快躺下吧。起床後梳洗完再出門就不成問題了吧？」

「……」

是沒有什麼問題，路易斯心想，反正屁股就算濕濕的，也不會再懷孕了，而且，現在睡意真的強烈如海嘯般席捲而來。就像梅特涅所說的，路易斯的眼睛已經半閉了。梅特涅拉著路易斯的手走到床上去。

「來這裡吧，嗯？……這就對了，好乖。」

路易斯總覺得哄自己上床的梅特涅有種居心叵測的味道，但他的聲音是那麼地柔和，自己又太想睡了，實在很難加以思考。之前是突然食慾暴增，還因此遭受旁人奇異的眼光看待，現在則是突然的困倦疲憊……懷孕還真是一件折磨人的事啊。

「……」

路易斯被梅特涅的手牽引著，才剛到床上躺下，隨即沉入了夢鄉。

◆
◆
◆

看著一片廣闊無垠的花田，路易斯心想，啊、又是這個夢？

澄藍的天空，微風涼爽地吹著。美麗的翠綠平原上，先前夢到的那隻巨龍正在酣睡著。周圍的河鹿或小鹿、孔雀或青鳥這些動物也都悠悠哉哉地棲息在一旁。

上次見到巨龍的時候，牠緊抓著自己腳踝直掉眼淚的模樣，看了可憐兮兮的，今天倒是非常平靜安穩。

『……』

感覺牠還滿可愛的，是龍寶寶嗎？總覺得這隻龍看起年紀還很小的樣子。

路易斯看著呼嗤呼嗤在熟睡的龍，思忖了半晌。

要不要靠過去摸摸牠？不知道那閃亮亮的鱗片摸起來是怎樣的感覺？

圓鼓鼓的白肚皮看起來就很柔軟。不曉得和梅特涅寢室的被褥是不是相同的觸感？

『……不行。』

正想靠近的路易斯倏然止步。

要是摸了牠之後，把牠給吵醒了那可怎麼辦。要是又像上次那樣哭著巴住自己不放就完了。

Chapter.11 ✦ ✦ ✦

路易斯還記得清清楚楚，當時不過是請牠放開自己而已，牠的眼淚立刻唰地流出來。

看牠正睡得一臉安詳，還是不要吵牠吧。就算這只是個夢，想到那雙含淚的眼睛還是會令人難受。

路易斯小心翼翼地向後退。就在他轉身的瞬間，有什麼東西絆住了他的腳，讓他往前撲倒下去。

『?!』

轉眼間，不知哪來的藤蔓纏繞住他的身體。比繩索還結實的綠藤緊緊綑住了他的手腳，連手指頭都無法動彈地束縛住他的全身。這是怎麼回事？路易斯盡可能地掙扎著身體，卻聽見了啪搭地一聲。抬起頭，一雙大眼正盯著路易斯看。

『……喔……』

或許是被路易斯的動靜給吵醒了，龍看著路易斯，再次眨了一下眼睛。

『……』

『……』

路易斯怕牠會哭，緊張地盯著牠的反應。但龍只是眨巴著眼，繼續回望著路易斯。今天不哭了嗎？那眼睛看起來不像是要哭的樣子，倒像是在觀賞什麼新奇的畫面似的。如此祥和的草原上，出現一個被藤蔓捆住的人類，確實是會感到新奇吧？

路易斯再度低下頭費力地嘗試擺脫這些藤蔓，卻感覺被揪得更緊了。

『……那個，不好意思，請問你可以幫我解開這個嗎？』不能動彈又渾身悶熱，路易斯沒辦法，只好小心翼翼地詢問牠。

巨龍睜著水汪汪的大圓眼，突然咻地轉過頭去，置之不理。牠還打了一個大大的哈欠，看來是沒有想要幫忙的意思。

『……』

唉，這是什麼怪夢啊。周圍的小動物們似乎覺得很有趣，都來圍觀著路易斯受困掙扎的樣子。那眼神簡直就像白天他打開馬車車門時，那些侍從們盯著他看的模樣。

要是可以趕快從夢境中醒來就好了。明明是在作夢，路易斯卻莫名受累又辛苦，讓他不禁愁眉苦臉的。驀地，有什麼東西碰到了他的臉頰。之前在夢裡看到的那朵絕美的花兒，輕柔嬌嫩的花瓣正依偎在路易斯的臉頰上。他第一次聞到如此清甜的香氣，頓時周身芬芳四溢。

路易斯的身體於是在這怡人的香味之中一點一滴地放鬆下來，得到了緩解。既然掙脫不開，

Chapter.11 ✦ ✦ ✦

那就別白白浪費力氣掙扎了。

路易斯放掉了全身的力量，放棄掙扎地躺平，感覺起來也是不賴。纏在他身上的藤蔓還算得上是舒適，撲鼻的香氣也甜甜的十分好聞。花朵豔麗奪目，花瓣在臉上的觸感又是那麼地柔滑，美好到令人不敢隨意採擷，所以上一次路易斯是連摸都不敢摸的。沒想到花瓣觸感會是這麼地柔軟舒適，早知道當時就應該摸摸看的。

路易斯沉浸在平躺著玩賞花朵的興致當中，整個世界充滿了一片祥和的氣息。「這樣好嗎？」雖然腦中瞬間閃過了這個念頭，但大家似乎都很開心。小動物們和那隻巨龍，甚至連吹拂的風兒都感覺很開心。路易斯也因為撫摸著自己臉頰的花朵美麗的外表而一下子就被它吸走了注意力。

咕隆隆——

平和的草原上突然發出如雷聲般的巨響。路易斯抬起頭，立刻又傳來宏亮的一聲。龍微微抬著頭，兩隻爪捂在了自己肚子上。牠渾圓白嫩的肚子不斷地發出咕隆隆的聲音。

『……』

……牠是肚子餓了嗎？

路易斯疑惑地看過去，巨龍正抱著肚子，俯視著路易斯。咕隆隆、咕隆隆，肚子叫到彷彿在抗議似的，龍一臉的不開心。就連牠周邊的動物們也都用責怪的眼神看著路易斯。

牠們為什麼這樣看著我呢？所有動物們的表情都跟班奈狄克一個樣。莫名的罪惡感，讓路易斯遲疑地問道：

『肚子餓了嗎？』

龍一聽，立刻委屈地嚶嚶哭叫了起來，朝他點了點頭。看來真的餓了，而且大概是餓壞了吧。咕隆隆的聲音越來越大，越聽越可憐，路易斯莫名感到著急，他眨了眨眼……咦？龍是吃什麼的啊？

『你想吃什麼呢？』

路易斯小心地探問。

沒想到巨龍一聽，眼淚隨即撲通地掉了下來。

牠埋怨的眼神，彷彿在責怪路易斯說「這個你怎麼會不知道呢！」

◆
◆
◆

Chapter.11 ✦ ✦ ✦

「——！」

路易斯猛地驚醒起身。不對，他是想起身，但全身被梅特涅摟得緊緊的，根本就沒辦法動彈。

「怎麼這麼快就起來了？」

梅特涅像是也跟著睡了一會，睡眼惺松地，撐起了上身問道。緊箍著的手臂鬆了開來，路易斯顧不得身下的疼痛不適，一骨碌地爬起身。

「路易斯？」

梅特涅一放開路易斯，路易斯便匆促地翻身下床。他向一臉不解的梅特涅說道：

「我想我該走了。」

「走去哪？不是還沒到交接的時間嗎？要去廁所嗎？」

路易斯看起來彷彿立刻就要衝出門似的，梅特涅趕緊抓住他的手腕詢問。路易斯咕咚一聲嚥下了嘴裡的口水。實在是有點難以形容這一股足以讓人從沉睡中被喚醒的強烈衝動。

「那個，因為肚子餓了……」

「那吩咐他們準備餐點不就好了？怎麼了，你是在急什麼？」

「不是，我想吃的不是飯……」

路易斯將話和唾液一起吞下肚子裡。儘管瞬間閃過的理智告訴自己，說出這樣的話實在是很奇怪，但另一個念頭還是更強勁地冒了出來。

「我想吃草莓……」

路易斯的肚子想吃的東西是草莓，吵得要吃的欲望像是要發動戰爭一樣。明明是平常不太喜歡吃的水果，現在卻突然饞了起來。而且還不是普通地想吃，簡直是滿腦子想的全是草莓。感覺如果沒能馬上吃到草莓，可能真的會死也說不定。

「什麼？——你說你想吃什麼？」

梅特涅以為自己聽錯了，再問了一遍。

「我說我想吃草莓。」

現在是秋意漸濃的時期。草莓的季節已經過去了這麼久，路易斯也不確定這時候能否買到。他也知道，在這種時節，自己突然起床就說要去找草莓吃的這種行為，梅特涅當然會覺得很詭異。雖然知道他有這樣的想法很正常，但路易斯還是瞬間感到有點難過委屈。

「——路易斯？」

Chapter.11 ✦ ✦ ✦

梅特涅拉住了路易斯，似乎在確認他說的是不是真的。

「我知道這個樣子看起來很奇怪……但是我就是想吃草莓……」

路易斯強忍著落淚的衝動說道。

他終於知道自己為什麼會這麼想吃草莓了。都是因為那可惡的懷孕害的。是肚子裡的寶寶吵著要吃草莓，因為想吃草莓而感到委屈。

而那個特別清晰的夢境應該是他的胎夢，巨龍雖然沒有告訴他想吃的是什麼，但是路易斯一睜開眼馬上明白——是草莓。他現在只想要大吃特吃，把熟到豔紅誘人的草莓吃到肚皮快撐破的程度，才能滿足眼前的這番渴望。

「總之我先告辭了。」

路易斯雖然不曉得在這季節該上哪去可以買得到草莓，但是他至少可以確定太子宮裡是不會有草莓的。所以，他必須先離開這裡，回去宅邸找霍爾頓幫忙，應該會是個比較好的主意。

「等下，你是說真的？你想吃草莓？」

梅特涅再次將路易斯給攔了下來。看到梅特涅那詫異的神情，路易斯心中突然湧上一股怒意，但他還是強壓了下來。對方可是皇太子啊，他在心中默念了十遍左右，才終於找回了自己的聲音：

「對的，就是草莓，我想吃草莓。」

他心想，到底是要人重覆回答多少遍才聽得懂啊？只見梅特涅又確認了一次：

「你這樣忽然間說要離開，就只是因為想吃草莓？」

路易斯咬住了下唇，內心急躁地瞥著門口的方向瞧。梅特涅頓時有些惶惶不安，眨了幾下眼。

「你這種逃跑方式還真是奇招啊……」

梅特涅一副拿路易斯沒辦法的口吻，一邊說著一邊把路易斯拽回床緣讓他坐下。路易斯不安分地旋即又要起身，被梅特涅再次按下肩膀坐好。

「你待在這裡不要亂跑，我會去幫你弄來的。」

「不用、我自己去——」

要侍從們在這個季節去找草莓來，就像是在故意找他們麻煩似的。梅特涅自己一定也知道這樣的要求很莫名，但他還是打斷了路易斯要自己出去尋找草莓的提議。

「你坐著吧，等我把草莓給弄來時，就知道你是在要什麼手段了。」

路易斯根本來不及阻止。梅特涅離去前還不忘留下一句可怕的威脅：在他回來之前，路易斯只要離開床鋪一步，他就要砍了路易斯的頭。

◆
◆
◆

梅特涅不到一個小時就回來了。天啊，路易斯在心裡感嘆著。在梅特涅身後的班奈狄克推著一車托盤進來，上下層都裝滿了好大一籃處理過的草莓。

梅特涅離開之後，被留在寢室裡的路易斯簡直快要等不及了，見他真的帶著草莓回來，激動得跳下床光著腳跑去迎接。

「我可以吃嗎？」

路易斯嘴裡已經口水滿溢了。梅特涅正準備要看看路易斯到底是在搞什麼鬼，卻沒想到，一進來就見到路易斯活像隻餓了兩天的小狗，望眼欲穿地站在推車前面。梅特涅不禁皺起了眉頭來。

「吃吧。」

梅特涅話才剛說完，路易斯便急切地抓了草莓就往嘴裡塞。酸酸甜甜的果肉融化在口中。梅特涅將衝至托盤前的路易斯帶到桌子前讓他坐下，班奈狄克再把裝滿草莓的銀色托盤放在路易斯的面前。看不下去路易斯直接用手抓取草莓的難看吃相，梅特涅還親自將叉子塞進了路易斯的手裡。

路易斯用叉子插起草莓放進嘴裡，一刻不停地吃著，很快就清空了面前的盤子。班奈狄克於是替他換了一盤新的。

路易斯吃到嘴唇都染上了紅，狂嗑了一頓草莓之後，這才稍微回過神來。他抬起頭，發現梅特涅就坐在正前方，正撐著下巴在注視著他。

「……我、那個，謝謝您。應該很不好找吧？辛苦您了。」

「沒關係。」

梅特涅不甚在意地擺擺手，站在他身後的班奈狄克倒是一臉吃盡了苦頭的憔悴樣。搜購的過程想當然是非常地不容易。

「在這種時節……您到底是怎樣弄來這麼多草莓的？」

而且也沒花多少時間。要是路易斯自己去詢問購買的話，肯定會被罵說這個時候吃什麼草

Chapter.11 ✦ ✦ ✦

莓，少胡言亂語了。

「我們尋遍了所有的貿易商，剛好有一家在賣草莓，彷彿特地準備給你吃似的，於是我們就帶回來給你了。」

梅特涅伸出手，替路易斯拿掉一塊黏在嘴角的草莓果肉。

「好吃嗎？」

他一邊問著，一邊把那一小塊果肉放進了自己嘴裡。

「是的，非常好吃……殿下您也吃吧。」

路易斯暗叫不妙，竟然忘了殿下，只顧著自己吃了。這些草莓是找遍了所有的貿易商才買到的，想必價格堪比黃金。路易斯越想越覺得自己能在這個季節吃到草莓，實在是一件不可思議的事情。如此珍貴的東西，自己是不是不該這樣囫圇吞棗地吃下肚，應該要細細品嚐才是。

但是他只要稍微一停下，肚子又會立刻發出哀嚎。

「……」

梅特涅宛如在觀賞什麼似的，看著路易斯勸了一句之後，又接著把草莓塞得滿嘴都是。

「我還以為你是亂說的，想找個藉口又要趁機逃走。」

「……？」

我有從他身邊逃走過嗎？路易斯開始回想。似乎只有第一次被強吻的時候因為太過震驚了，嚇得逃離現場，但換作任何人也一定都是這樣的反應。

「看著你氣喘吁吁地想從我的床、我的寢室逃離出去，那感覺實在是……」

梅特涅的眼神顯得撲朔迷離，後半句話消失在了空氣中。實在是怎樣？路易斯在等他繼續，然而梅特涅似乎不打算說完，只是溫柔地對路易斯笑了笑。路易斯吞下嘴裡的草莓，感覺後頸莫名地燙了起來。

到後來，裝滿兩個托盤的大量草莓，一粒不剩地，全進了路易斯的肚子裡。路易斯在吃草莓的時候，梅特涅則是一直在一旁看著他。

「還想吃嗎？」

「不用了，這樣可以了。」

「現在是又睏了嗎？」

面對梅特涅料事如神的提問，路易斯點了點頭。自己睡到一半突然爬起來狂吃，吃完又開始想睡覺，就連自己都覺得這樣很不正常。路易斯甚至覺得吃不了睡不好的那陣子反而還比較自在一些。他不明白當初那嚴重的害喜怎麼就變成了暴食嗜睡的症狀，現在這樣真的非常令他感到困擾，而且極度不便。

梅特涅拖著路易斯再度回到床上躺好。路易斯這才擔心了起來，梅特涅會不會覺得很奇怪呢？昏睡到一半的傢伙猛然間醒過來，一起來就吵著要吃草莓，簡直就像半個瘋子似的。梅特涅算是感覺很敏銳的人，或許他和薩布里娜一樣察覺出自己懷孕了也說不定。他雖然有時也會做出一些奇奇怪怪的發言，但是在邏輯推理方面是相當聰敏的。

該不會已經被他發現了吧？

「……」

路易斯抬頭看著梅特涅，他正躺在一旁幫自己蓋上被子，一副要哄人入睡的樣子，表情和平常看起來並無二致。不對，好像比平時更加溫柔？梅特涅像哄小孩那樣拍撫著路易斯肩膀，路易斯忍不住更仔細地端詳著他的臉。

「怎麼了？」

感受到路易斯的凝視，梅特涅歪著頭問道。

「……沒什麼。」

又不能直接問對方是不是發現了什麼。路易斯感覺只要看著梅特涅的這張臉，自己就難以集中注意力，沒辦法作出正確的判斷，而且自己本來就老是讀不懂梅特涅的想法，這輩子都還未曾理解過梅特涅的心思和行徑。

「……」

果然還是無法確認。路易斯看不出來梅特涅到底有沒有發現自己的異常。如果他發現自己懷孕了，應該會有所反應吧？雖然路易斯想像不到梅特涅會做出怎樣的反應，但應該不至於如此平淡普通。路易斯繼續盯著梅特涅瞧，梅特涅這時懶懶地莞爾一笑，伸手覆上路易斯包著紗布的臉頰。

「我的小白兔，不過是吃了幾個草莓就感動成這樣？」

梅特涅的眼中帶著一抹打趣的意味。面對梅特涅逗弄的視線，路易斯呆呆眨了眨眼。

「是的，那是當然……」。

那不僅僅是幾個草莓而已。在已經過季的這種時候，梅特涅竟然在一個小時之內就特地替自己弄來了草莓，這樣都不覺得感動的話，也太無情了吧？路易斯點頭回答這個理所當然的問題，梅特涅見了發出微小的笑聲，在路易斯的唇上印下輕柔的一吻。

Chapter.11 ✦ ✦ ✦

「不要這樣沒有自覺地勾引我。」

說著，梅特涅緊緊擁住了路易斯。路易斯從對方貼緊的身軀上感受到一股甜美的氣息。

「你身上有草莓的味道——濃濃的草莓味呢。」

梅特涅在路易斯的胸前嗅聞，嘴裡咕噥著道。

那聽起來心情非常愉悅的聲音，讓路易斯頓時心頭微顫，後頸又熱了起來。路易斯不由自主地汲取著梅特涅身上的香味，草莓的香氣和他的氣味交織在了一起。

「……」

雖然從來沒有過這種感觸，但路易斯像是忽然明白了自己的心情。明知不能這麼做，路易斯仍是不由得伸出手，撫上了梅特涅的頭髮。髮絲柔軟的觸感，令路易斯的頸側顫慄，指尖感到有些酥麻。

也許是在對方說出「吻我」時，自己毫不抗拒與他相吻的那一刻起，又或許是發現對方不吃不睡地等待著自己的那時候開始的？也有可能，是在看到他為了避免自己撞上餐桌而不惜受了傷，手背紅腫的那個當下。

路易斯不確定是從何時開始的，也不曉得理由為何，但是他知道，自己喜歡上了梅特涅。

「……」

察覺到了自己的感情，路易斯頓時心情感到十分複雜。是否該反過來慶幸對方正好把自己當成遊戲人間的對象呢？路易斯不知該拿這矛盾複雜的心情如何是好，將額頭靠在了梅特涅的頭頂上。

不該喜歡上梅特涅的，正如其他人所說的，威頓公爵才是更好的對象。隨便喜歡哪個人至少都比喜歡梅特涅還強，自己喜歡上的人卻偏偏是梅特涅。挑著挑著，竟選中了一個最困難的對象。

路易斯知道，打從一開始，自己和梅特涅就沒有順利發展下去的可能性，就算自己沒有懷了別的男人的孩子也是一樣。皇太子已心有所屬，而且把自己當成了遊戲的對象。是說，就算他們發展順利，也會是個困擾——為什麼會變成這樣的局面呢？路易斯被自己蠢到都想嘆氣了。

縱使知道自己容易被他所左右，卻依舊毫無防備。在必須努力不要喜歡上對方的情況下，還任由自己的情感滋長，不斷想著對方，路易斯感覺自己就像落入了對方的圈套之中，無法脫逃。

「……您提過的那個遊戲，」

路易斯詢問的同時，手依依不捨地從梅特涅的頭髮上收了回來。

「要是抓到了繩索人……馬上就會結束了是嗎？」

畢竟當初是因為需要第一警備團的協助，才會開始這個遊戲。梅特涅好半晌都沒有回答。是睡著了嗎？路易斯以為梅特涅已經睡了，正要放棄等他答覆的那個剎那，臉埋在路易斯胸前的梅特涅用摻著笑意的聲音說道：

「應該是吧……沒有特殊情況的話。」

「……好的。」

原來是這樣啊。路易斯低下了頭，嘴裡嚐到一陣苦澀。心口感到一絲酸楚。

「怎麼，你是想快點結束嗎？應該很快就會抓到犯人了吧，哪還會有什麼特殊情況發生。」

梅特涅口氣輕鬆地道。

路易斯心想，反正，這場遊戲何時結束，對他來說一點都不重要。在這世上，長得相像的人可是不知凡幾。

梅特涅的臉頰在路易斯胸口處磨蹭了幾下，更加使勁地摟住了路易斯的腰。路易斯也順勢自然地擁住了梅特涅的肩膀，那股甜蜜的氣息因此更加地濃烈了。

「……」

路易斯又想，倒不如早點結束似乎還比較好。和梅特涅在一起的時間越長，自己只會越陷越深。現在就已經這麼不想放手了，以後要分開時肯定會更加痛苦。

路易斯無意識地用手指纏繞著梅特涅的髮絲玩弄著，感受著悵然若失的情緒。

這麼說起來，在學院時期，每次見到梅特涅時他都會忍不住好奇，想知道對方的頭髮或臉頰摸起來會是什麼樣的感覺。那時分明還沒喜歡上梅特涅，但對於梅特涅的臉蛋、行動或是言語，路易斯的印象卻是最為深刻。是因為自己現在喜歡上了對方的關係嗎？

路易斯回想了一下，梅特涅不再和顏悅色地面對自己，差不多是在學院畢業時期前後開始的。

「……？」

路易斯正在企圖回想畢業典禮那天梅特涅奇怪的舉止反應，忽然間，咚地一聲。聽到肚子裡傳來微小的聲響，路易斯張大了眼，肩膀也隨之僵硬。

「……」

這是胎動。寶寶剛才咚地動了一下，肚子明顯地在起伏。緊摟著路易斯腰部的梅特涅一定也感覺到了。

Chapter.11 ✦ ✦ ✦

路易斯瞬間背後直冒冷汗，緊張得快喘不過氣，僵硬無比地低頭看向梅特涅。眼珠子向下轉動的瞬間感覺如永恆般漫長。他不敢猜想梅特涅會用怎樣的表情面對自己，一時害怕得無法呼吸。

「……」

然而梅特涅依然維持著原本的動作，把臉埋在路易斯的胸前沒有抬頭。

……這麼快就睡著了嗎？他是真的在睡覺嗎？路易斯吞了下口水，側耳聽著梅特涅的呼吸聲。聽起來規律而平穩，確實像是熟睡之人的呼吸。

「……殿下？」

路易斯盡可能小聲地叫喚。他的心臟怦怦跳得非常厲害。梅特涅要是真的作出了回應，好像比被死神逮到的感覺還要令人恐懼。

但是路易斯等了好一陣子，梅特涅皆無反應，只聽得見他均勻的呼吸聲。

「……」

看來他是真的在睡了。路易斯終於鬆了一大口氣，佯裝輾轉的動作，試圖向後退開一些距離。他怕要是又發生胎動就不妙了，擔心到手都在發抖。可是就在路易斯後退的那一刻，睡夢中的梅特涅卻像是纏住他不放似的，把他重新勾回了懷裡。兩人姿勢變得更加危險，路易斯要是再有什麼動靜，就真的會吵醒梅特涅了。

路易斯只好盡量蜷縮身體，用手捂著肚子，深吸了一口氣。看來必須盡快把孩子給拿掉才行。就像彼得和薩布里娜所說的，期限逐漸在逼近，再拖下去越是危險。他這樣拖拖拉拉的，不知不覺都已經滿五個月了。

一想到這件事，夢中的那隻龍便自然而然地浮現在路易斯的腦海裡。想起牠一邊猛掉眼淚一邊巴著自己的腳踝，還有神情哀傷地嚶嚶哭叫的樣子。

路易斯緊咬著下唇，最後逃避似的閉上了眼睛。

◆◆◆

路易斯的吐息聲和緩了下來，剛才還一臉苦惱的模樣，轉眼已陷入熟睡的狀態，呼嚕著入睡了。裝睡的梅特涅還摟著路易斯的腰身，無言地偷笑了一下。

他動作輕巧地起身，這時終於可以看清楚路易斯睡著時的臉龐。他的鼻尖有擦傷，臉頰上

Chapter.11 ✦ ✦ ✦

蓋著紗布，嘴巴周圍則是沾染著草莓微紅的汁液。他的服儀有時頗為凌亂，這副模樣也不像平常的路易斯．艾力克斯爵士那般端正整潔，但對梅特涅來說，這些並不重要。

他低頭看著小白兔的睡顏，過了許久才終於起身。梅特涅從寢室裡走出來，一旁守候的侍從低下了頭，班奈狄克快步迎上前來。

「班奈狄克。」

「是的，殿下。」

梅特涅在心中思忖，他的小白兔比他想像中的還要狡猾。

雖然一直覺得路易斯是個會暗中給人一記悶棍的傢伙，但眼前這個情況又該如何解釋？梅特涅不知自己該哭還是該笑，只感覺發熱的腦袋慢慢冷卻了下來。

梅特涅的手指頭發麻，他握緊了拳頭，復又鬆開。他甚至無法分辨自己現在究竟是何種感受。

「去把彼得．埃爾文給我抓來，就是替路易斯治療手傷的那個傢伙。」

「——有什麼問題嗎？」

聽到這麼突然的命令，班奈狄克嚇了一跳，趕緊確認道。

彼得艾爾文是在醫務隊值勤的醫生，班奈狄克會這麼問，是以為路易斯的手傷出了什麼問題。然而梅特涅只是歪著頭，一聲不吭地俯視著班奈狄克。

「……」

班奈狄克感覺周身血液逐漸冰冷地凝結起來，不禁屏息以待。梅特涅的那雙紫眸此刻看起來不帶一絲溫度，連看了他一輩子的班奈狄克都不曾見過他露出冰冷至此的眼神。

「是出了問題沒錯。」

出了非常大的問題。如果梅特涅猜想得沒錯的話，路易斯不光只是想要逃走而已。

「那個傢伙他欺騙了我。」

只是單純的貧血？梅特涅回憶起當時那傢伙慌張地對自己撒謊的情景，懶洋洋地笑了笑。

想到這陣子他突如其來的反胃症狀，接著是食慾大增的暴食和嗜睡症、不尋常的情緒起伏，加上自己清楚地感受到的胎動——都到了這個地步，再察覺不出來的話就說不過去了。

路易斯．艾力克斯分明是懷孕了。

CHAPT. 12
繩索男的真面目

路易斯在交接時間的三十分鐘前醒了過來。梅特涅或許是有事先行離開，已經不在身旁。面對著空蕩蕩的大床，路易斯感到有些空虛，但他沒時間多想，匆匆忙忙地洗完澡離開太子宮，警備兵們已經在二號街的警備所前等待著交接。

薩布里娜是路易斯今天的搭檔，她一見到路易斯的臉便忍不住道：

「您最近這是什麼悽慘的樣子啊，這個臉，是打算靠一己之力逮到兇手嗎？」

路易斯皺了一下裹著紗布的臉頰。

「喔，我從馬車上下來的時候摔了一跤。」

「看來您是用臉蛋著地的。」

薩布里娜帶著一點諷刺的味道在回應，然而事實也確是如此。

「一不小心就……」

她一如往常地善於察言觀色，睨了一眼路易斯失落的神情，便像明白了什麼似的嘖了一聲。

路易斯和薩布里娜在六號街和七號街之間巡邏。天色一暗，六號街周邊整個陰森了起來。過了晚上十一點，路上的行人寥寥無幾。似乎是受到了繩索人的影響，街道上比平時更為冷清。

「團長。」

薩布里娜拿著提燈，謹慎地環顧著周遭。

「──我幫您安排好休假了。」

這麼快就排好了？路易斯驚訝地開口：

「什麼時候？」

「下個禮拜二。」

「下個禮拜二的話……」

「是的，就在四天之後。我盡可能地安排了至少一個月的假期，這樣您抵達那邊，完事之後，也還有足夠的時間靜養……為了讓您能休到一整個月，您不知道我有多傷腦筋。」

路易斯聽著她那不留半點情面的語氣，默默嚥了下口水。

Chapter.12 ✦ ✦ ✦

「……」

今天睡前明明也在想著要盡快動手術才行，現在乍聽見剩下四天就要休假，霎時心情又複雜了起來。

「……怎麼，既然您不打算生下來，幹嘛還繼續留在肚子裡？」

「……我知道。」

雖然薩布里娜的話永遠都是對的，但路易斯還是被這句話給傷到了。他忍不住咬唇，皺起了臉。

「抱歉，」

薩布里娜其實表情也不太好。

「我聽彼得說馬上就要五個月，不能再拖延下去，便擅自替您安排了。彼得已經在特拉哈找好了醫生。」

「……」

路易斯一直咬著嘴唇，說不出半句附和的話。他一想起那隻哭著抓住他腳踝的龍，內心就覺得十分難受。想到牠拍著肚子香甜酣睡的臉龐，還有肚子餓得咕隆叫時，望著自己的那個模樣。

「……您想生下來嗎？」

「……不是。」

路易斯並不想生小孩。他這輩子從未有過想要生孩子的想法。對於一個普通男人來說，這算是理所當然。如果想要孩子的話也就算了，但一般男人實在是難以接受要親自懷胎把小孩給生出來的這件事。

「我沒有想要生下來……」

是不想生沒錯，但是路易斯也不想要扼殺了這個生命。雖然以他一個闖禍的當事人角度，似是沒有立場說這種話，但是這麼做似乎很不應該。路易斯在不知道那是胎夢的時候還覺得無所謂，一旦知道了以後，便開不了口說要拿掉他。竟然要殺死那隻在草原上看起來過得很幸福的巨龍寶寶？這應該是世界上最邪惡的行為了。路易斯現在也明白了那裡的動物當時為何要用那種責備的目光看著自己。

見到路易斯露出複雜又痛苦的表情，薩布里娜的臉色沉了下來。

「我說啊，團長，」

她似乎也覺得難以啟齒，嘆了好幾口氣之後才道：

Chapter.12 ♦ ♦ ♦

「假如您真的感到於心不忍，或許還是生下來比較好。比起他人的目光，我知道您是更堅守自己信念的那種人。」

這樣的話路易斯就不是安排休假，而是必須辭去工作，逃到某個地方把孩子生下來，等他大了之後再帶回來。雖然勢必要面對許多醜聞或謠言，但至少可以內心坦然的生活。即使必須放棄事業頭銜，對孩子的父親也有些抱歉，然而比起餘生都要背負著自己殺了寶寶的怨念，生下來要好得多。

「……」

路易斯憂愁地低頭看著肚子。

「薩布里娜，」

有一件事使得懷孕這個事實更加令路易斯感到沮喪。

「我好像喜歡上皇太子了。」

「……」

路易斯的坦白讓薩布里娜震驚得咧開了嘴，感覺一開口就會冒出髒話，薩布里娜一時之間無法做出任何回應。

「抱歉。」

路易斯知道說出來也聽不到什麼好話，但自己根本也還沒想通。他在不知道自己究竟是在做什麼的情況下，被梅特涅一路拖進了泥沼。事情全部糾結成了一團，不知到底該從何處開始解開。他肚子裡懷著別的男人的孩子已經要五個月了，在這個必須盡快離開帝國的時間點，卻發現自己喜歡上了梅特涅。

「……您是瘋了嗎？」

薩布里娜不停斟酌著用詞，最後蹦出了這句話。她看起來比得知懷孕的消息那時更想開罵，恨不得往路易斯後背一掌拍下去似的，拳頭捏緊又再放開。

「老實說，我隱約有感覺到事情會發展成這個樣子，只是沒想到會這麼快就是了。我不曉得團長是個如此容易上鉤的男人……」

「妳有感覺會變成這樣？」

聽到對方表示事情在她預料之中，路易斯嚇了一大跳。

薩布里娜一臉不爽地蹙起了眉心，嘴裡碎唸「哎！我當時就應該阻止的」，還頻頻嘆著氣。

她指的是當初得知路易斯懷孕消息的時候。

Chapter.12 ✦ ✦ ✦

「我說我在化裝舞會上看到您和威頓公爵一起離開，您那時露出了很微妙的表情，像是感到有些遺憾的樣子。」

「……」

「既然您沒打算要生下孩子，孩子的父親是誰根本就不重要，那您又何必感到遺憾呢？是因為確定了孩子的父親不是那一位的關係吧？」

路易斯回想起那一刻，聽到薩布里娜說見到自己和一名比自己高出許多的男人一起離開的事。

「……」

他當時心裡想著：真的是威頓公爵嗎？霎時心情有點難以言喻。原來那是遺憾的感受？這麼想來，還真的是如此。

有什麼好遺憾的，就算是梅特涅的孩子又能如何？要是真是他的孩子那就更麻煩了。先不論他的皇太子身分，在對方根本就不喜歡自己的狀態下，卻不小心懷上他的小孩，連悲情戲都不會這麼演的。

路易斯也不知道自己究竟在想些什麼。他原本就屬於少根筋的類型，偶爾脫線的這些方面他是有自覺的，但一直以來也都過得還不錯，現在是得一口氣償還過去那段隨隨便便的日子所累積下來的債務嗎？才四個月而已就要瀕臨破產了。

「我從以前就覺得，團長除了工作以外，其他的事還真沒有一項是精明的。」

薩布里娜委婉地指責道。這句被她修飾過的話，其實是在罵路易斯是個腦子不正常的傢伙。

「……那我至少要把工作給做好才行。」

四個月前，在化裝舞會的隔天發生了殺人案件，引起騷動，從那天起，路易斯不但私生活一團亂，在工作方面也毫無表現。都還沒抓到兇手就在想著個人情愛的事情，更遑論之後的休假或辭職計畫，他甚至無法對於自己的無能負責。

看著路易斯臉色益發陰沉，薩布里娜心煩意亂地嘆了口氣。

「所以……您現在打算怎麼辦？」

路易斯必須做出決定，看他要交出去的是假單還是辭職信。不管如何，他確實是無法再待在帝國境內。雖然今天的危機暫時是順利解除，但是明天仍然要回到梅特涅的寢室睡覺，路易斯不曉得自己會不會像吃草莓那樣，突然又產生什麼莫名的衝動就不妙了。要是下次在梅特涅清醒的時候發生胎動，或是肚子變得更大的話，終究是會被他發現的。無論是否要生下孩子，

Chapter.12 ✦ ✦ ✦

總之要先避免和他有身體上的接觸，路易斯暗忖。

「……」

然後，待離開帝國的那一刻，自己和梅特涅的遊戲也將劃上句點。

想到這裡，路易斯只能緊咬住嘴唇，壓抑嘴裡泛起的陣陣苦澀。

不過是十幾天的時間，他已經習慣了和梅特涅一起用餐、一起入睡。

吃飯時，只要路易斯抬起頭，就可以看到梅特涅坐在那裡。他用餐時的姿態優雅俐落，令人驚豔，路易斯吃飯時總是會忍不住偷偷覷著他看。偶爾不小心對上了目光，梅特涅便會朝他慵懶一笑，笑得是那樣好看。

遊戲結束之後，再也不能同在一間寢室裡睡覺，也不能觸摸彼此的身體，沒辦法再用手觸碰他細膩的面頰和柔軟的髮絲。從此，兩人之間的關係，頂多是路易斯跪在梅特涅面前時，還能牽起他伸出來的手，僅止如此而已。

縱然知道這場遊戲始於他一時的心血來潮，某天終將結束，路易斯的內心還是一陣酸楚。

自己似乎比想像中的還要喜歡梅特涅。

「……團長。」

被薩布里娜拍了拍，沈浸在憂傷思緒中的路易斯隨著她的低聲呼喚抬起了頭。

嘎吱、嘎吱。

巷子的盡頭處，傳來了磨損的馬蹄聲。薩布里娜悄悄地調暗了手中提燈的亮度。變得更加漆黑陰森的小巷子裡，一輛馬車正在駛近，沿路發出嘎吱的響音。兩人屏息以待，緊盯著巷子盡頭的那一端。薩布里娜掏出了她的槍，路易斯也默默抓緊了馬兒莎拉的韁繩。

他對薩布里娜使了個眼色，她旋即轉身，朝隔壁的巷子快步走去。路易斯雖然不知道這輛馬車要去哪裡，但他有種預感，馬車會在這附近停駐。

馬蹄聲嘎吱、嘎吱地響著。那匹馬拉曳的車子緩緩現了身，是一輛掛著黑色帳篷的馬車。

路易斯有種不寒而慄的不祥預感。

——是那個傢伙。

正如路易斯所料，對方將馬車停在了路易斯屏息等待的小巷前。馬車的帷幕悄然掀起，一名全身緊裹著黑袍的男人從車上拖出一個包覆著黑布的物體。

很明顯的，那是具屍體。男人身後另有他人在協助搬運。由於兩人都穿著黑色的長袍，看不清他們的長相。在這一片黑漆當中，就算沒有任何遮掩，也是無法辨認出對方的相貌。

Chapter.12 ♦ ♦ ♦

路易斯心跳飛快，他迅速地翻身坐上莎拉的馬背，朝著對方衝了過去。

「——！」

察覺到路易斯的出現，那兩人將抬著的物體隨手扔棄，便鑽進了馬車。對方的馬車匆促離去，路易斯亦是使出最快的速度追趕著。在另一處埋伏的薩布里娜這時從隔壁巷子一躍而出。

「我以皇帝陛下的名義命令你，立刻停下！」

薩布里娜使勁地大吼，然而對方的馬車仍朝她直衝而去。

馬匹們一邊嘶嘯的同時暴衝撲向她，她快速滾至一旁，避開了馬蹄的踢踐。

砰！薩布里娜用燧石引燃的手槍對著馬車發射子彈。馬車內雖然傳出空哐一聲巨響，但是並沒有因此止步，仍然在拚命地奔馳著。

「薩布里娜！」

「我沒事！您快去抓他！」

見路易斯的馬停了下來，薩布里娜費盡全力地大喊著。她捂著手臂，似是受了傷，但路易斯知道她的話是對的。路易斯跺腳，加快身下馬兒的速度。對方的馬車這時已經離得相當遙遠了。

一人騎馬的行進速度通常會比馬車還要迅速，路易斯快馬加鞭地追趕著。就在他即將追上馬車的瞬間，砰！伴著一聲槍鳴，莎拉發出了慘叫，路易斯的視野跟著劇烈晃動著。他放開了手中的韁繩，從馬鞍上縱身跳下，身體跟隨著向前的那股衝勁滾落在地。路易斯以抱著肚子蜷縮的姿勢，翻滾了好幾圈，四處碰撞著，最後才從泥地上抬起頭來。

周邊瀰漫著一片塵沙，莎拉似乎頸部中了槍，倒下後當場死亡。

「——混蛋！」

路易斯壓根沒想到對方身上竟然有槍，照理說，槍枝不是一般人能輕易入手的，購買前需要獲得皇室的批准。雖然外面也有私下改造的槍械在流通，但是能夠將馬一槍斃命的強大火力，看起來像是國家所製造的槍枝才有的規格。

路易斯朝著逐漸遠離的馬車跑去，雖然翻滾的時候受了點傷，好幾處隱隱刺痛著，但是並不影響他奔跑的動作。他拚盡全力的向前追趕，眼睜睜看著馬車轉進一條巷子後便失去了蹤影。路易斯還看見遠處的兇手探出頭來，確認後方狀態。

啊，那該死的傢伙！路易斯嚥下咒罵的話語，繼續奔跑著。途中正巧遇上正在巡邏的另一名警備兵，路易斯搶了他的馬，沿著馬車車輪的痕跡追了過去。儘管地上的車輪印子在夜晚看起來較為模糊，但由於痕跡才剛印上不久，追蹤起來並不困難。

Chapter.12 ✦ ✦ ✦

「……」

跟著輪子痕跡一路追趕的路易斯最後在一號街停了下來。那裡是兩座宅邸的相連之處，前方的地面上，好幾道馬車的車輪印縱橫交錯著，難以分辨馬車是朝向何處駛去。

「——哈。」

路易斯在兩座宅邸前方的路邊停下了馬，無言地乾笑了一聲。他免不了要猜想，那位乖僻的天神大概是非常討厭自己吧？

不然怎麼會接二連三發生這種事呢？先是在喝醉酒的情況下闖禍，連對方是誰都不知道就被搞大了肚子，然後又在這種狀態下愛上了梅特涅，被他所玩弄。這些事已經夠荒謬了，再加上眼前的情況——

「我真是要瘋了。」

這兩座宅邸的主人都是路易斯很熟悉的人。

一處是三皇子拉斐爾威頓公爵的宅邸，另一處則是阿拉爾侯爵的房子。

這兩人都是四個月前在化裝舞會上被目擊到曾和路易斯在一起的對象：薩布里娜提到的威頓公爵，以及賽里昂公爵的情婦所指稱的——紅頭髮的阿拉爾侯爵。

兩人都是年輕的男子，也是這兩座宅邸當中唯一的男性貴族，沒有其他兄弟或兒子好值得懷疑。而且連環殺人魔是個財力雄厚的人，能夠輕易拿出一千盧安的鉅款，只為了干擾案件的調查，顯然可以排除宅邸中傭人所為的可能性。

犯案的兇手正是宅邸的男主人——換句話說，連環殺人魔就在這兩名父親候補人選之中。路易斯無法確認到底哪一個是孩子的父親、哪一個是連環殺人魔。雖然他一直認為和他上床的是威頓公爵，但是因為沒有半點印象，沒辦法真正確認。

孩子的父親在路易斯醒來之前就離開了旅館，在太陽尚未升起、幽暗的凌晨時分，逃也似的回去了。而第一名受害者，娼妓賽琳娜·伯爾頓則是在清晨下班回家的路上遭到綁架，失蹤了二十五個小時之後，在第二天的早上才被人發現，也就是在皇宮化裝舞會之夜兩天後的那個早晨。路易斯一夜情對象的不在場證明並不成立，因此，孩子的父親也有可能就是連環殺人魔。

「……」

這樣的發展也太過分了吧？路易斯虛脫無力地站在宅邸前發愣，「團長！」他猛然聽見薩布里娜的呼喚，於是轉過頭。

「薩布里娜——」

Chapter.12 ◆ ◆ ◆

路易斯正想詢問薩布里娜是否確認過剛才的屍體了，見到她驚慌得面無血色的模樣，讓路易斯愕然地眨著眼。薩布里娜上氣不接下氣地喘著道：

「團長！聽說彼得被抓走了！」

「什麼意思？彼得為什麼會被抓？」

彼得是被誰、因為什麼原因被抓的？該不會是繩索人吧？路易斯表情僵硬地看著薩布里娜。然而她激動到無法喘息，緊閉著雙眼大叫：

「他被指控欺瞞皇太子殿下，所以被皇室騎士團逮捕了！」

◆
◆
◆

路易斯一刻不停地慌忙趕至關押著彼得的騎士團偵訊室。他的心臟瘋狂亂跳，感覺眼前一陣昏黑，簡直要分不出現在是白天還是夜晚。

騎士團的建築物裡像白天一樣明亮，路易斯進到裡面後，發現已經來了非常多人，他甫一入內，所有人都看向了他。

皇室騎士團，顧名思義是專門在保衛皇室的單位，他們所逮捕緝拿的都是叛國逆賊或是危害皇室的對象。這裡通常也是進行斬首和處理抄家滅門的那些重刑犯之處。

路易斯忙著找尋認識的臉孔，只見每個人都板著臉，神情看起來嚴肅凝重。當他和學院同期的波林對上視線，對方隨即露出一副面有難色的模樣。

「波林，我聽說彼得被抓來了這裡、」

「這是機密，艾力克斯爵士。」

波林打斷了路易斯的話，斬釘截鐵地答道。與堅決的語氣相反，他的臉看起來相當的為難，見到他這般反應，路易斯嘴巴開合了幾下。

「請教一下，案子有到這麼嚴重的程度嗎？」

「這是機密。」

路易斯恭敬地再次詢問，卻只得到了同樣的回答。心臟不安地跳動著。皇室騎士團進行嚴刑拷問並不需要申請許可，有可能發生逼供致死的情況。由於一切是以皇帝陛下的名義來執行的，甚至連搜查官都無需出庭。

「請讓我確認一件事情就好，彼得真的是因為對皇太子殿下撒謊的原因而被逮捕的嗎？」

Chapter.12 ✦ ✦ ✦

彼得只對梅特涅撒了一個謊，就是隱瞞了路易斯懷孕的實情，說他只是單純的貧血，沒有其他異狀。彼得和梅特涅兩人除了那一次的見面，平時根本沒有機會接觸。

對於路易斯提出的疑問，波林這次遲了一些才回答：

「這是機密。」

看來沒錯了。路易斯咬住了下唇。欺瞞皇室之人，將被處以截舌之刑。一般來說是在公務上有所欺瞞，或是欺騙皇室涉嫌貪污者才會牽扯上這種罪名。彼得不過是隱瞞了梅特涅遊戲對象的健康狀態，絕對不至於背負上這樣的罪名。

路易斯迅速轉身，朝著太子宮快步走去。

朦朦朧朧地，天光漸亮。

說謊確實是不對。撇開事情的輕重不談，身為帝國的公職人員，更是萬萬不該對皇太子有所欺瞞。哪怕醫生只是幫忙隱瞞男性友人懷孕的消息，謊言終究無法改變這項事實，梅特涅會對此發火也是情有可原。不過，他卻動用皇室騎士團來向彼得問罪，這就太過頭了。要是真要討伐隱瞞皇室骨肉的罪行，更不應該抓走彼得，先被抓的人應該是自己才對。

當路易斯趕到了太子宮，班奈狄克就像是在等候他的到來，站在外頭迎接。

「殿下起床了嗎？」

「殿下正在等您。」

班奈狄克對著路易斯從頭到腳打量了一會，輕嘆了一口氣，隨後才領著路易斯前往寢室。

儘管這是最近每天的必經之路，路易斯在走向寢室的途中還是心如擂鼓，感覺血液的溫度都降了下來。

寢室門前的侍從們一見到是路易斯，便立刻為他開門。

「……」

梅特涅坐在桌前的沙發上，正低頭看著一份類似信件的東西。門一開，他抬起頭，隨即蹙了眉心。

「什麼啊？你怎麼這副模樣？」

梅特涅放下手中的紙張大步走來，檢視著路易斯的臉龐。他捏著路易斯的下巴，整張臉上下左右確認著，又扣住路易斯的肩膀讓他背過去，掃視著他的全身。

沾滿泥土的制服褲在膝蓋的地方破裂開來，傷口見血，手掌心也都磨破了皮，每見到一個傷勢，梅特涅的表情就更冷冽一分。

Chapter.12 ✦ ✦ ✦

「到底是發生什麼事？」

「那個、是在追捕嫌犯的時候，不小心從馬上摔了下來、」

路易斯還沒解釋自己著地時動作得當，梅特涅已一臉駭然地打岔：

「從馬背上摔下來？」

「沒什麼大礙，我著地的動作很安全，只是翻滾的時候稍微擦傷罷了。」

實際上，路易斯並沒有任何嚴重的傷勢。他從行進中的馬背上摔下來，沒有摔斷什麼地方，只是稍微跌傷膝蓋，可以說是非常幸運了。

「沒什麼大礙？」

梅特涅卻像是被路易斯的話給氣得笑了，他抓著路易斯的肩膀：

「——這身子已經不是你一個人的，還說這種話。」

路易斯聽了，瞬間倒抽一口氣。雖然來之前已經有了梅特涅知情的心理準備，但是等到真的聽見他這麼說時，路易斯的心臟還是緊張地大力撞擊著胸腔。

「沒、我沒事的，真的。」

路易斯又再強調了一次，梅特涅於是放開了他的肩膀，輕聲一笑。路易斯不懂他這聲輕笑代表什麼意思。

身後傳來了寢室的門被關上的聲響，隨後陷入一陣短暫的沉默。梅特涅垂眸看了路易斯半晌，然後回到了桌子前方，問道：

「你剛剛去了皇室騎士團那裡？」

他的聲音聽起來比路易斯預想的還要輕鬆隨意。

「那個——是的，殿下。我知道這是重罪，但是彼得並不是有意要欺瞞殿下，他是因為我才不得已說了謊。」

「我想也是。」

梅特涅再一次放下了拿起的信，轉過身來。他的表情看起來也比路易斯想像中還來得雲淡風輕，一副沒什麼大不了的樣子。確實，這對他來說的確是無關痛癢的事。

「是誰的孩子？」

梅特涅單刀直入地開口。路易斯喉嚨乾澀地嚥了下口水，嘴唇動了動。

「你的朋友口風緊，話很少，所以沒問出什麼內容來。雖然透過上次的事，我已經知道你有多不檢點了，但是竟然搞到懷孕……我真的頗為訝異。」

Chapter.12 ✦ ✦ ✦

上次的事？路易斯根本不知道他是在說哪件事，梅特涅又接著問：

「會不會是我的？」

「不、不是的。怎麼可能……懷孕是更早之前的事。」

昨天在馬車裡是梅特涅第一次在路易斯體內射精。就算路易斯原本並非懷孕的狀態，照理來說，這個時間點也是對不上的。梅特涅會這麼問，路易斯感到有些奇怪。

「……是嘛？」

見到路易斯否認，梅特涅露出一個微妙的神情，眼神看似有些不悅，卻又感到放心，像是路易斯的答案消除了他最深切的不安。路易斯頓時反倒覺得胸口沈重，他深吸了一口氣。

「……」

還在想他為什麼要這麼問，明明讓自己懷孕的不可能是他，看來他是太過討厭自己，才會特地確認。跟那些得知睡過的妓女懷了孕的男人一樣，總是無謂的大驚小怪。

當路易斯意識到這一點時，心口痛得彷彿被插了一刀，頭皮發涼。

對方只把自己當成遊戲的對象，會有這種想法是很正常的，他不懂自己為何會產生這種情緒。難道，他是希望梅特涅會因為他懷了別人的孩子而不爽發怒嗎？假如這個孩子是梅特涅的，自己在這一刻能告訴他說，這是你的孩子，不知他又會做何反應？

路易斯面無表情地望著梅特涅，聽見他用更加溫柔的語調詢問：

「那麼，這是誰的小孩？」

「……非得說出來不可嗎？」

既然梅特涅都知道了不是自己的種，那就只剩下一種原因會讓他想逼問出父親是誰了——為了八卦。被喜歡的人當成八卦好奇的對象來看待，路易斯感到十分不快。他只需要確定孩子不是自己的就好了，何必硬要追問父親的身分。

感覺到路易斯有劃清界線之意，梅特涅皺起了眉頭。

「……雖然你肚子裡的小孩父親是誰和我沒什麼關係，但是醫務室那邊發現了這封信。」

是梅特涅從路易斯進來前就一直在看的那封信。

特拉哈二十二號街，珍妮絲·連恩，醫師執照確認，可執行終止妊娠手術。

其實沒什麼好看的，正如薩布里娜所說，彼得為他找了一位可以執行男性懷孕墮胎手術的醫生，而這封信正是從特拉哈那裡寄來的確認回覆。

「還有，聽說你申請休假了？要休一個月。」

Chapter.12 ✦ ✦ ✦

「……那是、」

梅特涅擺了擺手，不需要路易斯多做說明。

「我知道你是因為帝國境內很難找到醫生，而且怕會傳出消息，所以才想到要去特拉哈的吧？」

「……」

梅特涅一邊開口，一邊幫表情僵硬的路易斯拭去沾在臉上的沙粒：

「我幫你安排了口風夠緊的人，你就在這邊做吧。」

「什麼？」

「怎麼會想要跑去一個陌生又混亂骯髒的地方動手術？要是在那邊出了什麼事情，你要怎麼辦？」

懷孕週數應該也不少了，難道不知道墮胎有多傷身體嗎？梅特涅替路易斯將髮絲掠至耳後。

「特拉哈是個危險的地方，竟然想在野蠻人出沒之處待上一整個月，這怎麼可以呢？」

聽到梅特涅那宛如哄小孩的語氣，路易斯愣愣地眨了眨眼睛。

「那個、您的意思是……」

「我叫你留在這裡動手術，別想著要離開國境。」

梅特涅這一席話讓路易斯張了張嘴，不知該如何反應。這樣的對話好像有點奇怪。梅特涅為什麼會想要幫助自己墮胎呢？

「怎麼那副表情？你不打算動手術嗎？」

既然要做，當然選在衛生又安全的地方比較好。路易斯的嘴唇囁嚅著，梅特涅見狀，面上雖然依舊溫和，眼神卻變得不太對勁。

「你不做嗎？」

「不……我還沒決定好……」

聽到路易斯猶豫遲疑的答案，梅特涅慢慢地傾斜了脖頸，無法理解似的皺眉而笑。

「什麼意思？一個月就已經夠久了，要是生下來，就不是一個月能解決的事了。啊，你是打算要告訴孩子的父親嗎？……那可不行。」

梅特涅嘴裡喃喃地唸著。

路易斯從他的臉上感覺到一股異樣的陌生。不是違背約定時那種生氣的表情或單純冷淡的眼神。他看似爽朗地笑著，眼神卻很詭異。總覺得看起來有一點……瘋狂的感覺。

Chapter.12 ✦ ✦ ✦

路易斯眨了眨眼，不由自主地退縮，向後退了半步。然而下一秒，梅特涅隨即抓住路易斯的手臂，將他拉回了原位。

「不行喔，路易斯，你不准逃。」

他覆在路易斯臉頰上的手很是溫柔，宛若在開著玩笑，嗓音裡還摻著笑意。他的唇瓣柔軟地彎出一個弧度，眼尾也慵懶地下垂。唯獨他的眼瞳，正散發出詭譎的光芒。

「你要把我逼瘋到什麼程度呢？」

捧著路易斯臉頰的那隻手掌撫上路易斯的後頸，慢慢地，不急不徐地撫摸著。路易斯的本能反應湧上了一股不安，彷彿這隻手隨時可能會勒住自己的脖子。

「說說看，告訴我你是怎麼想的？」

路易斯只有嘴唇在動作，沒有發出聲音。他還沒做出決定。雖然認為沒辦法痛下殺手，但是他也還沒準備好要承擔生下來之後，後續會發生的一連串問題。

「你要跟孩子的父親說嗎？」

「沒有，不是那樣的。我是打算先去了特拉哈再慢慢考慮……」

梅特涅低頭望著路易斯，過了好半晌，才為態度曖昧不清的路易斯做出了結論：

「總之先去到那裡，決定要打掉的話就待一個月，要是想生的話就在那邊生下來，等過個幾年，孩子養大了，再帶他回來是吧？」

「……」

「假如你不曾為此感到苦惱，那還有別種可能，但是你一旦開始煩惱了，最終應該是會選擇把孩子生下來。」

梅特涅從一開始的猜測，到後面的補充說明，全部分析得一針見血。路易斯也覺得自己應該是會做出這樣的決定。見路易斯咬住下唇，梅特涅低低地笑了。

「一個月已經夠久了，還要待上個幾年——不對，是你的話，或許會直接在那裡定居下來也說不定……你應該會這麼做吧？」

梅特涅低喃著，伏下腰身，和路易斯交會著目光。路易斯現在可以清楚地看見，梅特涅的那雙紫眸裡透露出一抹發狂的跡象。

「是啊，夢很香甜嗎？」

夢？路易斯還不明白梅特涅突然在說些什麼，就被那隻撫摸後頸的手掌一把揪住了頭髮。

「——！」

Chapter.12 ✦ ✦ ✦

路易斯緊繃的身軀隨著大掌倏地拉扯，被一把拽了過去，一個不留神，整個人已經被扔到了床上。他彈起上身，眼神震驚地看著梅特涅。梅特涅湊了過來，依舊懶懶地笑著，雙手捧起路易斯的臉龐。

「怎麼是這種表情？」

看見路易斯一副被嚇到的模樣，梅特涅反而詫異地笑了出來。

「你以為懷了別的傢伙的孩子，我就會因此放開你嗎？」

CHAPT. 13

兔子遊戲

路易斯不懂梅特涅為何會突然間冒出這句話來。梅特涅壓下路易斯的肩膀，把坐起身的他按躺回床上。

「殿下？」

驚慌的叫喚聲讓梅特涅再次失笑。低垂的眉眼和白皙的面頰一如往常，但梅特涅的眼神仍舊閃爍著一絲精光。他一聲不吭地解開路易斯褲子的鈕釦，粗暴地扯掉了路易斯的衣服。

「嗚！」

粗魯的動作擦到了膝蓋上的傷口，聽到路易斯痛吟了一聲，梅特涅忍不住皺眉，笑道：

「真是的，還說沒事。你不是親口說了，沒什麼大礙的嗎？」

說著，他一邊脫下路易斯的內褲，諷刺地啊了一聲：

Chapter.13 ✦ ✦ ✦

「也對，」

他歪著頭。

「是我腦子有病，才會明知道你滿口謊言，仍然一再地相信你。」

梅特涅拋開路易斯的內褲，嘆了一口氣，然後解開路易斯襯衫的釦子。一陣驚慌失措之中，路易斯下身已被扒了個精光，他抓住了梅特涅的手，試圖阻止他的動作。梅特涅想要交歡，但路易斯現在既沒有那種心情，情況也並不合適。

然而梅特涅似乎毫不介意，他一把抓住路易斯的雙手按在頭上，接著掀開了路易斯的襯衫。才一眨眼的功夫，路易斯就已變得赤身光裸。他本想制止梅特涅，但對方在力量和體格上的差異，讓路易斯沒有辦法擺脫他的箝制。

就在路易斯試圖用腳踢開對方的身體時，梅特涅壓上路易斯的大腿，強而有力地制服了路易斯。

一根沒有濕潤過的手指在路易斯的密穴摸索著。路易斯感覺那乾澀的指頭強硬地插進了體內，令他屏住了呼吸。手指在後穴裡摳挖的異物感讓路易斯羞恥不已。

「請不要、請不要這樣。」

梅特涅把路易斯的哀求當作耳邊風，不斷在裡面按壓著。雖然沒有像女孩子一樣會自行流出愛液，但在繼續摩擦的動作之下，裡面也稍微開始滲出了濕意。不知道是因為懷孕的關係，還是身體已經被開發得自動有了反應。

穴口才稍有鬆弛，梅特涅便急不可耐地掏出他那個半勃的東西。路易斯臉色唰地發白。他敞露著白晃晃的臀部，連滾帶爬地嘗試脫逃，卻被梅特涅扣住兩腳，一拉，床單上瞬間染上了血痕。那是路易斯方才說著沒事，拒絕治療的膝蓋傷口所造成的。

「殿下，請——」

路易斯不曉得自己要說些什麼。梅特涅將路易斯抓了回來，把自己的東西對準了臀瓣之間的穴口，逕自往裡面擠了進去。雖然那裡還十分的狹窄，梅特涅的巨物還是一點一點地肏了進去。

「哈啊、呃——」

路易斯緊抓著床單，嘴裡逸出了痛苦的呻吟。後頸處已被冷汗所浸透，梅特涅緩慢地在他僵硬的後頸上親吻著。整片白皙的脊背覆著一層濕滑的薄汗。

「你的反應這麼像處子，誰知道你會這樣到處亂搞，甚至還搞大了肚子呢？」

路易斯的肩膀因為梅特涅低沉的冷笑打了個激靈，微微發顫著。

Chapter.13 ♦ ♦ ♦

梅特涅曾想過，路易斯肚子裡的孩子應該不是自己的。想起路易斯當初隨便跳上自己馬車的那幅情景，不免要認為，這種事應該不是第一次發生。每當他喝得爛醉時，或許就是用那副淫蕩的面孔，嘴裡喊著冷，然後到處誘惑男人上鉤。所以，和自己上床那時，路易斯肯定已經懷孕了吧。

當梅特涅看到四天後的休假單、來自特拉哈的信件這些墮胎手術的安排時，他的後腦杓一陣漲痛。儘管他認為孩子不是自己的，然而萬一真的是自己的小孩，而且路易斯明知是他的卻還要把小孩打掉的話，那麼——

「幸好不是我的孩子。」

要是如此，他也許會克制不了這股怒火，親手掐斷這脖子也說不定。不是因為孩子很重要，而是想到路易斯寧可打掉孩子，也不願意和自己在一起。想到他會徹底地逃離自己，躲到更遙遠的地方去，讓自己連人都見不到，他就感到憤怒難耐。

如果得再看一次他離去的身影，那還不如把他給殺了，自己也跟著一起死，這樣似乎還好受一些。

梅特涅一邊愛撫著路易斯的脖頸，下身同時往更深的地方推進。儘管狹窄潮濕的內壁還未做好接納他的準備，他也無所謂。

「嗚、呃……」

梅特涅盡可能地深入，和路易斯身體交疊重合，唇瓣貼在路易斯肩頭上不住地吻著。屬於男性的這副結實脖頸，卻顯得那麼優美而性感。梅特涅用嘴唇輕咬著路易斯被冷汗浸濕的頸背，肌膚之間接觸的部位傳來陣陣的悸動。

梅特涅一抬眸，只見路易斯的下顎處正滴答、滴答地落下透明的東西。

「……你哭了？為什麼？」

是痛到哭嗎？他就算從馬背上掉下來，膝蓋摔流血了，走起路來步伐仍然穩健得沒有絲毫動搖，沒道理因為這種程度的疼痛而哭泣。聽到梅特涅的疑問，路易斯的淚水順著臉頰流得更快更凶了。

「……那個遊戲，」

路易斯抬起支撐著上身的手臂，迅速地抹了一下眼睛。看到路易斯手背上揩下了滿滿的淚水，梅特涅一時微怔，眨了眨眼。感覺心臟像被冰封過的刀刃劃過一般，瞬間發涼。

「我現在想要結束那個遊戲了。第一警備團不再支援了也沒關係，就算工作再辛苦，我也

Chapter.13 ✦ ✦ ✦

會盡量努力去做的。」

洶湧而出的淚水讓路易斯不甚自在，於是把額頭直接抵在了床單上。他發出了痛苦的喘息，喟嘆了一句：

「我無法再繼續下去了。」

埋在深處的梅特涅慢慢將他的性器從路易斯的身體裡抽了出來。路易斯嗚咽了一聲，梅特涅讓他翻身平躺，只見他用手遮著雙眼，但眼淚還是一直從下方流了出來。

「……路易斯。」

「我已經厭倦了被殿下的遊戲所擺佈的生活，實在太累了。我才不想為了區區一個遊戲賠上我的一生，我不會這麼做的。」

路易斯雙手摀著臉，讓人看不到他現在是什麼表情。梅特涅低頭看著路易斯哭泣的樣子，開始有種呼吸困難的感覺。

「你是說，你要離開我？」

「……是的，我要去特拉哈。不對，就算不是特拉哈也沒關係，只要能離開，哪裡都好……」

雖然還在哭，路易斯的態度卻十分堅定。他遮著眼睛，從沒什麼表情的嘴唇裡吐出狠毒的話語。

「要是當初沒有開始這個遊戲就好了。如果讓我再一次回到那個時候，我絕對不會和殿下接吻的。」

「……別說這種話。」

好像有人在梅特涅脖子上繫了根麻繩，繩子牢牢地拴在天花板上，讓他無法呼吸。他蠕動著唇瓣，好不容易才終於擠出這一句話來。然而路易斯擦了擦眼淚，起身要走，似乎沒有停留的打算。

「……沒有你，你讓我怎麼活？」

路易斯推開了梅特涅，望著他的臉。

「殿下一定能找到比我更像他的人，不管是想玩遊戲還是什麼的，您就和那個人去玩吧。我沒辦法再配合下去了……」

秀淨的臉龐上佈滿了亂七八糟的淚痕，路易斯看起來像是已經厭惡到再也受不了了。在梅特涅的印象中，路易斯平時臉上總是沒什麼情緒，要不就是一副失了神的呆滯模樣，他還是第一次見到路易斯露出這樣的神情來。路易斯顯得很是痛苦，他深吸了一口氣：

Chapter.13 ✦ ✦ ✦

「現在立刻結束吧。既然是個遊戲，我希望這一切就當作沒發生過。」

他爬起身，試圖撿起梅特涅四處丟散的衣物。都還沒拿起內褲，他就被梅特涅伸手抓住胳膊，重新放倒在床上。

「請放手，我現在已經、沒有理由要這麼做了。」

路易斯抬起頭，直視著梅特涅說道。

他一臉彷彿受到了傷害的模樣，讓梅特涅的眼前頓時一陣模糊。

「我不是說了，我不會放開你的。」

梅特涅感覺自己嘴裡的聲音宛如是從遠方的空中傳來的，聽起來陌生不已。耳朵裡像是響起了耳鳴聲，手上的觸感也逐漸麻痺。

「不，我是一個活生生的人，不是您的玩物……這種事我辦不到，我沒辦法再繼續面對殿下──！」

路易斯無法再講下去了。

「殿、──！」

梅特涅按著他，拉起他毫無防備的雙腿，強行將性器擠進了他的後穴裡。

「啊嗬、啊！」

路易斯的嘴裡終於不再吐出狠毒的話語。相反地，因為那粗暴地抓著自己的手臂和莽莽撞撞插進來的性器，他發出了慘叫。梅特涅的性器整根沒入至最底處，路易斯痛苦地咬牙，將臉埋進了床單裡。梅特涅很想讓他轉過來和自己相對而視，但是又害怕對上他的目光，他怕自己會承受不了對方恐懼或厭惡的眼神。

梅特涅彷佛沒有意識到自己在做些什麼，他只顧著把路易斯抱在懷裡，不停擺動著腰身將他佔有。

「路易斯。」

「……」

「路易斯……」

路易斯，路易斯，我的小白兔。無論梅特涅怎麼呼喚，路易斯都緊咬著牙根，沒有回答，只剩下偶爾逸出幾聲痛苦的呻吟。就算梅特涅再怎樣急切地叫著他的名字，路易斯都不肯回頭，也不願意回應半句。

梅特涅一直都知道，路易斯永遠是自己可望而不可及的對象。在路易斯跳上馬車之前的日子裡，梅特涅就是害怕會落得如今這番下場，才會連靠近都不敢想，直接選擇了放棄。

他還以為這次終於可以得到些什麼，卻像抓起一把沙子，張開手後，掌心上什麼也沒留下。徒留沙礫摩擦的沙沙聲響讓他痛苦得難以承受。

「你為什麼要那樣笑？」

每當兩人眼神交會，對方小小的一個微笑就能讓梅特涅心頭顫動。放棄了路易斯的那段時日，雖然苦澀失落，勉強還是能撐著過下去。然而，一旦體會了握在手中的感受，欲望便如同雲朵般膨脹，讓梅特涅錯以為自己真的能夠擁有對方。在當下的那些瞬間，他彷彿已經擁有了一切。

「為什麼要摸我的臉頰、為什麼要碰我的頭髮？」

梅特涅知道路易斯只是傻呼呼地在模仿著自己的動作，但偶爾還是會因為對方流露的眼神和肢體上的接觸而內心糾結混亂不已。

遊戲一經開始，便一發不可收拾。自從觸摸到他的身體之後，沒有抱他在懷裡，梅特涅便無法入睡。見不著他的所有時間，世界都是黑白的，了無生趣。只要他待在自己面前，吃飯也好、睡覺也好，就連聊著工作上的話題，都能讓梅特涅心跳加快，只覺此刻無比幸福。十多年來的苦苦單戀終於到手，自然會萌生出更多的貪欲，他不禁盼望著，這一切能永遠持續下去。

梅特涅以為自己已經抓到路易斯的心了。他判斷路易斯個性溫吞慢熱，有鬆懈的時候，趁他無防備時對他下手的話，即使感到不開心，路易斯仍會在原地停留。

「我總是肆意揣測你的想法，而後感到絕望……，每一次都是這樣……」

既然總是如此，自己還在奢望著什麼美夢？明知會是這樣的結局。

路易斯對梅特涅一遍又一遍的呼喚恍若未聞，不曾回頭看他一眼，也沒有給予任何回答。

「路易斯……」

梅特涅將額頭抵在路易斯的肩膀上，呻吟般地叫出他的名字。當然，仍是得不到對方的回應。路易斯的手抓著床單，甚至沒有將他推開，像是根本不想碰到他似的。

儘管梅特涅正擁抱著路易斯，和他身體結合為一，他的手中卻是一無所有，感覺就像抱著一團空氣，胸口沁著寒意。

「哈哈……」

要路易斯喜歡上自己，這是過去的他連作夢都不敢妄想的事情。然而面對眼下如此抗拒自己的路易斯，心如刀割的梅特涅這才發現，原來自己還是抱持著一絲希望。

Chapter.13 ✦ ✦ ✦

也許是有了觸手可及的錯覺吧。對於明知如此卻每每忍不住懷著期待的自己，梅特涅也開始感到厭倦了。

「即便如此，我還是不打算放開你……」

抱著這副軀體，就像抱著一個人偶一樣的空虛，梅特涅卻還是放不了手。這是他僅剩的唯一了。他想讓路易斯走，卻不想再看到他的背影，沒辦法就這樣看著他離去。光是見到路易斯轉身的那個瞬間，梅特涅就覺得腦袋快要炸裂了。

他抓著路易斯，纏著他不放，即使知道不行還是懇切地哀求。既然路易斯最終還是要走，梅特涅也只好選擇折斷他的腿，將他銬上了枷鎖。

他巴著路易斯不放，一邊對他予取予求，一邊低低地笑著。路易斯的身體像個軀殼，每當吻上他的唇瓣，儘管他看似受到傷害，卻還是對著梅特涅起了反應。梅特涅心想，就算再空虛，也比什麼都沒有來得好，和路易斯的結合即使痛苦萬分，肌膚相觸的感覺仍是無限地甜蜜。

就算路易斯哭得再難過，梅特涅都不打算放手。

儘管他在路易斯的體內射了出來，卻未能滿足那股飢渴的欲望。梅特涅垂著眼，凝視著路易斯側頭埋在床單裡的臉蛋。路易斯臉色發白，疲憊地大口喘著氣。梅特涅抬起手，摀住了路易斯的眼睛。

「……」

然後他吻上路易斯的唇瓣，用手輕撫著他那亂七八糟的臉頰。他的臉上受了傷，又沾了泥沙，再加上汗水和淚水的浸漬，模樣慘不忍睹。梅特涅心疼地想著，本來想替路易斯上個藥的……

他在路易斯受了傷的臉頰上極其緩慢地印下一個吻。多希望路易斯毫髮無傷，多希望路易斯不要討厭自己，但是他卻只能束手無策地在心中默默地盼望。因為害怕路易斯厭惡眼神而遮蓋的那隻手掌底下，滴下了透明的淚水。

「……」

就這麼討厭嗎？梅特涅苦笑著，復又親了親路易斯的唇瓣和下巴。

「……請不要再對我這麼溫柔了。」

路易斯癟著嘴，傷心地哭著說道。

梅特涅愛憐地啄吻著路易斯的嘴。就算路易斯不要他這樣，他還是想這麼做。路易斯被淚水浸潤著的唇瓣嚐起來是那麼地甘甜。

Chapter.13 ♦ ♦ ♦

比起過去那種毫不在意地擦肩而過的關係，現在這樣似乎還好一些。梅特涅不想再回到以前，只能對路易斯說一句「起身」，然後就得眼睜睜看著他俯首離去的那種日子。

「……」

他更加溫柔地吻著路易斯的雙唇，緩緩地抽送著相連的下身。淚珠持續從他摀著眼睛的手掌下滾落。梅特涅摟住路易斯的肩膀，不停地和他接吻，親吻著他的頸側。

梅特涅能感覺到路易斯垂軟的性器一點一點地立了起來。才發現路易斯耳際紅成一片，就看到手掌之下的他哭得更凶了。

梅特涅啜飲著路易斯臉頰上的淚水，不斷吮吻他的臉龐。

「嗚、啊……嗚！」

呻吟聲從兩人緊貼的唇縫之間流洩出來。嗚、嗚、嗚，路易斯隨著梅特涅下身頂弄的節奏發出了聲聲低吟。泛起紅暈的脖頸和胸膛漂亮到不行，梅特涅沒忍住，在路易斯肩膀啃了一口，路易斯悶哼了一聲，隨即咬住了自己的下唇。

「……」

隨著他不住地呻吟、身體泛紅，隨著下身的性器抑制不了地脹大，路易斯從梅特涅手掌下流出的眼淚也益發氾濫。

梅特涅感覺自己越是憐惜地摟抱親吻路易斯，路易斯似乎就越是反感。於是他極盡所能地、小心翼翼地佔有，性器在路易斯的敏感處上按壓磨蹭，在他張開的唇瓣上持續地親了又親，用嘴替他吻去臉上鹹鹹的淚液。

很快的，梅特涅的腦中一片空白混沌，被欲望所佔據侵蝕。他在路易斯的身體上不停歇地留下一個又一個的印記。即使知道這些痕跡不用一個月就會消失不見，梅特涅卻宛如著了魔一般地標記著路易斯的身體，暗自希望這些痕跡永遠不要消逝。

然而，無論梅特涅如何在路易斯體內發洩滿腹慾望，仍然無法填補自己枯竭的內心。那裡始終空蕩蕩的，內心的不安逼得他又再次對路易斯進行索求。

感覺到腹部的濕意，梅特涅視線朝下一看，路易斯的性器也在吐精。路易斯像是為此感到羞恥難受，他緊咬著下唇，偏過頭去。

「……」

他並沒有背過身，僅僅是將頭轉向另一邊的動作，都讓梅特涅心頭一緊。為了和路易斯產生更加深切的連結，梅特涅奮力擺動腰部，抓起路易斯擰著床單、努力避免和他碰觸的手掌，強行與他十指交扣。見路易斯不樂意地想要抽手，梅特涅硬是扣得更緊。

「嗚、嗯——」

路易斯的呻吟聲是那麼地甜美，神情卻始終痛苦難耐。在雙頰赤紅的路易斯下身洩出一股精液的當下，他的眼中一直充滿了羞愧之意，刻意轉開視線，不願正面面對梅特涅。

「您真的很殘忍呢……」

聽到路易斯口中的低喃，梅特涅抬頭一看，只見路易斯一臉受傷的哀戚模樣。他筋疲力盡地喘著氣，氣惱似的閉上眼，一副根本不想再多看梅特涅一眼的樣子。

「……不管你怎麼說，我都不會放手的。」

梅特涅用他已經千瘡百孔的胸口抱住了路易斯。剛才還在指責他殘忍的路易斯這時已經累得昏睡了過去。這副抱起來溫暖的身軀此時無法再拒絕自己，梅特涅緊緊纏住他，緊緊將他攬在自己的懷裡。

◆◆◆

路易斯很清楚地知道他正在作夢。

這是他夢見過好幾次的那個胎夢。不過，今天的場景和之前有些不同，彷彿戰爭曾在此處肆虐席捲，美麗的草地被挖掘成一片的狼藉。天空上烏雲密佈，小動物們也都不知道去了哪裡，不見蹤跡。

『……』

在路易斯腳下，緊緊纏繞著他身體的藤蔓正在發黑枯萎。那朵豔麗的花兒正有氣無力地被擱在了路易斯的腳背上。路易斯張了張嘴，彎下腰去將花兒拾起。

這朵花依舊美麗，但是看起來像是快要枯死的樣子。是因為沒澆水嗎？還是誰踩到它了？見了這朵美到令他不敢採擷的花兒如今這番凋零的模樣，令路易斯感到惋惜不已。要是就這樣置之不顧，肯定會像個乾枯的樹枝一樣死去的。

就在路易斯煩惱著怎樣才能救它的時候，不知從何處傳來了一陣啜泣聲。路易斯一抬頭，就見那隻龍寶寶一臉悲痛欲絕的表情，正癱坐在地上抽泣著。

『……』

一向風和日麗、景色優美的平原變成了一整片的廢墟，天色暗得彷彿隨時要下雨。在這個和路易斯的心情一樣糟糕的地方，龍用牠短短的臂膀遮著眼睛抽噎地哭著。

『……』

路易斯把花兒拿在手上，朝著巨龍寶寶走近。他猶豫著是否要伸手給牠拍拍背，最後就只是默默地在牠身旁坐下。

『對不起，我本來想好好保護你的……』

其實，路易斯並沒有為此付出過什麼努力。從馬背上摔下來的事也好，自己也沒去給醫生檢查過，每天徹夜地在外頭奔波，這些事情對孩子來說一定都不是什麼好事。

『……』

路易斯坐在啜泣的巨龍身旁，看著手中奄奄一息的花兒，嘴唇動了動。

『特拉哈很危險，要生的話，我覺得往北邊去會比較好。先到處旅居一陣子，等生下來之後，再找個安靜的村莊落腳……』

嘀咕著的路易斯忽然發現啪搭一聲，有顆淚珠從自己眼睛裡掉了出來，他哽咽著咬住了下唇。

『……』

聽見梅特涅說出「幸好不是我的孩子」的那個當下，儘管路易斯知道自己沒理由這麼難過，但瞬間還是有種撕心裂肺的感受。

反正本來就不是他的孩子，路易斯也明白梅特涅所說的那些懷孕結婚的事都只是說好玩的而已，他不知道自己為何會突然間傷心到無法呼吸。

他再也無法忍受了。光是看著梅特涅，就像有數十根針扎在心頭上，痛得他喘不過氣。

自己對於喜歡的人來說，只不過是個遊戲的對象，這是很悲哀的事情。他甚至偷偷想過，要是這孩子是梅特涅的……明知不該有這樣的念頭，他卻不禁這樣妄想著，他已經喜歡梅特涅喜歡到無法自拔的程度了。

聽到梅特涅口口聲聲說他不會放手的時候，路易斯都覺得內心在翻攪著。他明明另外有個喜歡的人，也只把自己當成遊戲的對象，為何會露出那種神情、執著地強調他不願意放開自己。就連沈迷於玩具的小孩子似乎都不會像他如此自私。

『他老是讓我產生錯覺，明知道他喜歡的人不是我，卻又一直對我這麼溫柔……』

既然是個玩物，那就隨便玩玩之後拋棄就好，梅特涅卻總是對路易斯呵護備至。想起和他共度的這段時光，全都是他溫柔地對待自己的回憶，溫柔到明知不可能，卻在每個瞬間都克制

Chapter.13 ✦ ✦ ✦

不住地猜想，梅特涅是不是也喜歡著自己。

覆蓋在眼睛上的大掌好冰涼。還有觸碰著嘴巴的唇瓣也是那麼地冰冷，不停在顫抖著，於是，路易斯的淚水也止不住地一直流。尚未被蒙上雙眼時，他那慘白的臉龐就像是真實的情感流露，讓路易斯心裡頓時一團混亂。

不是吧？不可能會是如此。那深情的撫摸和憐惜的吻總是令人產生出一種錯覺。梅特涅時不時表現出的情意讓路易斯那顆隨之動搖的心痛苦無比。

『我有點想留下來了，但我不能這麼做……待在一個不喜歡我的人身邊，我以後一定會後悔，可是，就算這樣我還是喜歡他……』

路易斯抹了一把臉上流淌的淚水。

他知道他必須起身離開。如果他真的離開，哪怕梅特涅再不願放手，也沒有理由好留下他。路易斯現在只要遞出辭呈後離去就可以了。明明就這麼簡單地一個選擇，為何還會感到如此痛心呢？

是因為想要待在他身邊？就算他愛的不是自己，在內心深處的某個角落，仍是想要不顧一切地和他在一起嗎？無論受到怎樣的對待，都還是想要見到他嗎？

一想到要離開，腦海裡就浮現出他慵懶微笑的臉龐。那雙白皙的手、淨白的脖頸、閃耀光澤的白金髮、璀璨明眸，還有他接起吻來柔情蜜意的唇瓣，想到以後再也看不到了，眼淚就再次奪眶而出。

『……』

生平第一次體會到為情所苦的感受，路易斯難受地咬著嘴唇。濕濡的唇瓣上帶著淚水的鹹意。

對他來說，這是他的初戀。雖然也曾對他人產生過些微的好感，但路易斯是第一次這麼地喜歡一個人。雖然聽過初戀總是難以實現，令人心酸，沒想到是這麼地心痛難耐。

路易斯哭得抽抽噎噎，這時，某個溫暖的東西貼在了他的背上。龍的尾巴覆在路易斯的背後輕拍著，就像在安慰他一樣。牠的鱗片如同想像中的那般溫暖細膩。路易斯抬起頭，龍寶寶正一臉擔憂地俯視著他。

『……』

路易斯沒辦法開口告訴牠他沒事。

『不過，無論如何，我都會生下來的——』

Chapter.13 ✦ ✦ ✦

儘管自己傷心哭泣，他還是希望龍寶寶能在先前那個美麗的花田裡，和動物們一起休憩，一起敲打自己的肚皮。龍一臉幸福地在蔚藍的天空之下酣睡著，那幅畫面看起來是多麼地美好。如今的牠卻在這荒涼之處獨自啜泣，路易斯感到心疼不已。

就在路易斯想要伸手拍撫龍尾巴尖端的瞬間，忽地傳來一陣低語：

『好好睡吧，我去叫醫生來。』

一個輕柔的吻落在了臉頰上。路易斯感覺有隻手小心翼翼地撫上他的頰側，充滿了憐愛之情。那隻手摸了摸垂落的前髮，替路易斯向上撩起，最後才依依不捨地離手。

路易斯聽見一陣微弱的腳步聲，隨後是喀地關門聲。

他悄悄地睜開了眼睛。

◆
◆
◆

假如梅特涅是為了治療自己的傷勢，他應該會說要找御醫來的。從他嘴裡說出的「醫生」一詞，既顯得陌生，也令路易斯聯想到了其他的涵義。

『我幫你安排了口風夠緊的人，你就在這邊做吧。』

梅特涅曾這麼說道。

雖然不確定他去叫的醫生是不是要來幫自己墮胎的，路易斯猶豫了一下，便穿上衣服離開了寢室。腦子裡思緒紛擾，光是坐在床上都令人覺得疲憊。

天色昏黑。

一到外面，路易斯渾身痛得咯吱作響。

他從馬上摔下來的傷處都在發疼，和梅特涅上床時，強行掰開的大腿內側現在也像挨了打似的酸痛。路易斯跨出的每一步都痛得他直冒冷汗。

「……」

雖然跑了出來，路易斯沒有考慮過他該往哪裡去。梅特涅會追過來嗎？雖然他沒有理由要這麼做，但想到他最後表露出那股異常的執著，就算是真的追上來了也不足為奇。儘管如此，他根本就沒有正當的名目可以把自己綁在身邊……

路易斯輕嘆了一口氣。原本以為向梅特涅提出結束的要求，他會爽快地一口答應，沒想到他會表現得像個丟了玩具的孩童。

Chapter.13 ✦ ✦ ✦

總之，既然梅特涅和皇室騎士團都知道了懷孕的事情，想必很快就會有傳聞在首都裡擴散開來。路易斯覺得自己還是趕快回家收拾行李，去哪都行，先動身出發比較重要。要是不小心被孩子那個身分未明的父親得知了消息，屆時可能就無法自由行動了。

「啊！」

路易斯猛然想起，他差點忘了一件事情。

從薩布里娜那裡聽說彼得被捕的當下，他整個人過於震驚，以至於沒能告訴薩布里娜，兇手就在威頓公爵和阿拉爾侯爵這兩人之中。他也來不及向她確認那輛黑色帳篷馬車扔下的東西是不是屍體。

應該先去一趟團長辦公室嗎？

就在路易斯盤算的這一刻，他猛然察覺到身後有人靠近。

「——！」

對方鬼鬼祟祟地接近，應該是想要偷襲，路易斯準備朝對方拔劍應戰，然而他身子一轉，才驚覺自己的腰間空無一物。

「啊！」

要進入梅特涅的寢室當然是不能攜帶刀子之類的武器，所以路易斯身上也沒有佩劍。

站在他眼前的人是威頓公爵。他的眼睛瞪大著，似乎是被倏然轉身的路易斯給嚇到，有點吃驚的樣子。

「啊、閣下……」

就在路易斯帶著一絲戒備，正要開口與他寒暄的時候。

咚！

頭上傳來了巨響。

路易斯頓了頓，抬起頭來。威頓公爵手上正拿著一根沾染血跡的棍棒，面無表情地看著他。

「……」

啊、原來連環殺人魔就是這位啊。

路易斯向前倒下的同時這麼想道。

◆ ◆ ◆

去叫醫生的梅特涅面對著空蕩無人的寢室，感到不可思議地嗤笑了出來。

真的就只是一眨眼的功夫。他去找班奈狄克，向他吩咐完回來，也不過才兩三分鐘的時間而已。見路易斯已經陷入了昏迷當中，梅特涅以為他的身子短時間內應該是無法動彈的。

除了交待那些看守出入門的侍從要保持安靜，讓路易斯好好休息以外，他沒有再特別囑咐什麼。難道自己根本沒想到路易斯會趁這時候逃走嗎？

「哈哈……」

看來，對方是一直在等待著自己離開寢室的機會好趁機脫逃吧。憑他現在的狀態，照理說應該舉步艱難，這樣都能逃走，也算是非常厲害了。把握了這麼短促的一個間隙背後捅人一刀，真不愧是路易斯．艾力克斯。

「御醫已經請來了……」

和御醫一同來到寢室的班奈狄克也看到了那個空蕩蕩的床鋪，話才說到一半便噤了聲。

「他人肯定還在附近，那副身體跑不了多遠的，快去把他找出來！附近沒有的話，就到艾力克斯家的宅邸、團長辦公室這些地方，全給我搜一遍。還有薩布里娜那女人的身邊也要派人監視。」

梅特涅決定採取行動了。就算他要逃跑，自己也不會放手的。不管路易斯有多不情願、多討厭自己，他都至少要擁有那副軀體。什麼法律，什麼社會規範，他都不管了。只要能把路易斯留在身邊，梅特涅願意做出任何犧牲也在所不惜。

「他也許會考慮離開國境，去通知各處注意。」

梅特涅正下令要滴水不漏地詳加搜查四周，驀地，他動了動嘴唇……路易斯會不會是去找孩子的父親了？雖然路易斯那時否認了這個想法，但他總是在說謊欺瞞，梅特涅無法相信他說的話。

萬一路易斯真的去找孩子的父親，梅特涅也想好了對策。路易斯應該至多懷孕五個月左右。他肚子還不太明顯，看他的症狀，實際上應該也有三四個月了。

由於梅特涅四個月前也和路易斯上過床，他打算藉此主張自己也有可能是孩子的父親，和對方爭取他的所有權。然後在孩子生下來之前，想個辦法讓對方合理地消失，那麼孩子和路易斯便會自然而然地落入自己的手中。

孩子的父親會是誰呢？拉斐爾？梅特涅腦海裡浮現出那傢伙盯著路易斯的執拗眼神。路易斯也有可能是和賽里昂公爵睡了，賽里昂本來就是個來者不拒的傢伙。還有阿拉爾侯爵，儘管

Chapter.13 ✦ ✦ ✦

知道他有多愛妻，還是不能將他完全排除在外。想到路易斯跳上馬車時的那副浪蕩模樣，世界上大概沒有幾個男人有辦法抗拒。

一想到路易斯有可能找去其中一個傢伙的宅邸，梅特涅眼睛裡彷彿燃起了火焰。

「……」

就在梅特涅準備命令班奈狄克去搜查所有皇室男性的宅邸的時候，寢室外面傳來了一陣騷動。班奈狄克連忙前往查看，梅特涅於是也跟隨其後。

太子宮的守衛騎士抓來了一名看起來像是記者的男子。

「怎麼回事？」

班奈狄克上前一步詢問道。

騎士一邊解釋「這男的說他在附近見到了艾力克斯爵士」，一邊放開了那名記者的後領。

班奈狄克追問：

「他往哪裡去了？」

記者臉色泛白，支支吾吾地答著：

「他……」

是去找孩子的父親了嗎？是去了哪個傢伙的宅邸？梅特涅一邊猜想著會出現哪個男人的名字，一邊等著那名記者開口。

「一個穿著黑色長袍的男人把他帶走了。上了一輛黑色的馬車……」

穿著黑色長袍的男人？被黑色的馬車載走了？這是什麼意思？梅特涅一皺起眉頭，記者講得更清楚明白了：

「是繩、繩索人！他被繩索人給抓走了！」

CHAPT. 14

身處危機中的路易斯·艾力克斯爵士

路易斯被威頓公爵搬上馬車載往他的宅邸，移動時，眼前的畫面晃動了一整路。溫熱的血液沿著臉頰持續流淌而下。

雖然經由方才的襲擊確認了他就是繩索人的真相，實際上，路易斯並沒有感到太過驚訝。既然是兩者之中的其中一人，比起有妻子的阿拉爾侯爵，威頓公爵是兇手的可能性更高了一點。

馬車停了下來。大概是中途幾度失去了意識，路易斯感覺一下子就抵達了。藉著幽暗的夜色，威頓公爵將倒在馬車座位上的路易斯扛在肩上，走進了宅邸。

這裡是後門嗎？威頓公爵經由管家羅伯特為他開啟的門進入了地下室。這裡是路易斯上次來參觀過的地方。

哦，原來如此。路易斯這下終於明白自己那時錯過了什麼，眼神迷濛地笑了下。雖然現在再說這些也沒用了，然而當時他確實有感覺到哪裡不太對勁。

威頓公爵如此匆促地跑過來，甚至連濺了血的襯衫都來不及換下，而有鹿的那間房，門是上了鎖的，是羅伯特用鑰匙開了門。照理說，那樣匆忙的時刻，威頓公爵不可能出來後還將門反鎖，並且把鑰匙交給羅伯特保管。可見他們展示給路易斯看的，並不是威頓公爵原本待的房間，他當時大概是在另一個房間宰殺了人類，而不是那隻鹿吧。然後，昨天他們就是乘著那輛黑色馬車，到外面丟棄那具屍體。

要是早點注意到就好了，身為一名搜查官，這種觀察力真是有愧於自己的身分。

路易斯被威頓公爵掛在肩膀上一晃一晃的，進了地下室最底部的一間房間，裡面瀰漫著一股令人作嘔的血腥味。

路易斯立刻明白，所有的殺戮都是發生在這個地方。垂掛在天花板上的鉤子和鐵鍊，散落在周圍的屍塊、頭髮，血淋淋的繩索和多種殺人道具。

「……」

看來今天要命喪於此了。

自己身為警備團的團長，竟然錯過了那麼大的一個線索，就算因此死了也是無可辯解。

Chapter.14 ✦ ✦ ✦

威頓公爵讓路易斯坐在一張木製的小椅子上。路易斯感覺背後和屁股濕濕黏黏的，像是有血跡附著在上頭。不曉得過去曾有多少人在這把椅子上斷氣，以後又還會有多少人會在這裡死去。

羅伯特瞟了一眼路易斯受傷的膝蓋，隨後走出去關上了門。

路易斯心想，看來他就是當時對著馬兒莎拉開槍的傢伙了。威頓公爵和他的管家持有槍枝算是很理所當然的事，沒什麼好奇怪的。

碰！隨著鐵門關上的聲響，房內頓時陷入了一片寂靜。

「……您就是繩索人嗎？」

路易斯為了確認而詢問道。

威頓公爵將路易斯的雙手反扣在身後，用繩子綁了起來。他捆綁手腕的手法極為熟練，繩結緊密紮實到一根手指頭也拔不出來。確定路易斯的手腕被固定得無法動作後，他才語氣平淡地回道：

「原來還有這個稱呼啊？」

對於別人怎麼稱呼自己，他一副毫不在乎的模樣。這麼說來，即便是在繩索人被逮捕的報導引發軒然大波之際，他也是顧著翻出報紙背面關於路易斯和梅特涅的緋聞報導，跑來質問內容是否屬實。當時所有人的焦點都擺在報紙頭版的文章，根本對先前的緋聞消息不感興趣。

威頓公爵點亮了房內的一盞燈。燈光增加了一些亮度，路易斯可以更清楚地看見內部的陳設。

在搖曳的燈火照映之下，只見桌子和地板上附著了好幾層凝固的血漬。那是在噴濺而出的血跡上方又再濺上一灘鮮血，反覆乾涸疊加出來的痕跡。腐爛的屍塊和毛髮更加赤裸裸地呈現在路易斯眼前。

「……我這麼努力地在追捕……沒想到兇手就近在咫尺，真是令人有些失落。」

調查期間明明見過幾次面，路易斯卻從未想過這個人會是兇手。路易斯本想露出一個自嘲的笑容，但他臉頰上還在淌著血，看起來似乎會顯得有點詭異。

他想起身邊的每個人都說威頓公爵不是比梅特涅要來得好嗎？老天，要是自己愛上的是威頓公爵，差一點就要完蛋了。一想到他用那雙殺人的手觸摸自己的肩膀，路易斯就感到一股作嘔的衝動。

「仔細想想，我和受害者們也有不少的共通點呢。」

繩索人下手的對象當中，包含第一位女性受害著在內，所有人都擁有黑色短髮、膚色白皙

Chapter.14 ✦ ✦ ✦

的特徵。雖然中途出現了模仿犯，耽誤了一些判斷的時間，還是可以發現繩索人的目標大多是男性。

聽了路易斯的話，威頓公爵似是感到羞澀地垂下眼笑著：

「那是因為我特意找和你相像的人來下手啊。」

「……啊。」

所以事情才會演變至如此？路易斯呵地乾笑了一聲。

威頓公爵跪在路易斯面前，抱住了他的腳，把頭靠在他的大腿上。

「我是如此地愛你……你卻一點都不瞭解我的心意，所以我才會這麼做的。」

……所以才做出了那種事？

從那些受害者的屍體狀況來看，與其說是因為愛而帶走和路易斯長得相像的人，不如說比較像是因為太過痛恨對方，所以抓相像的人來施暴，甚至殺了洩恨。警備團去現場收拾殘局時，那屍體慘烈的程度，就連工作了十年的警備兵老手都覺得很不舒服。

同樣是遇到和自己心上人長相相似的人，也有人會把對方帶回去，餵他吃飯、給他穿衣、哄他睡覺。就因為一個外表相像的理由，竟然把人抓去用鈍器毆打、把內臟搗爛，虐殺之後丟到垃圾桶裡。一想起有多少人因為這個瘋子的變態性慾而白白遭到犧牲，路易斯就湧上一陣反胃感。

公爵摟著路易斯的腿，同時解開了褲頭，掏出他的性器來。「呃、」路易斯不由得皺起眉頭，試圖抽離雙腿，但是他被捆綁又被對方牢牢抓著，根本沒有辦法閃躲。

「嗬、路易斯……」

他發出粗喘聲，一邊握著自己的性器搓揉，一邊叫著路易斯的名字。路易斯感覺自己全身的血液瞬間降溫，看著他猥褻喘息的模樣，路易斯起了一陣雞皮疙瘩，身體極度感到不適。

看到他手掌之下已然勃起的那個紅通通的生殖器，路易斯撇開了視線。感覺對方熱燙粗濁的呼吸打在了自己的膝蓋上。

公爵才手淫一下子就射了出來，他把手上的精液抹蹭在路易斯的褲頭上。路易斯的褲子沾滿了泥土和血跡，現在又加上白色的精液，簡直是污穢不堪。

「……」

原以為威頓公爵品格健全、性情憨厚，結果竟是個變態殺人魔，老天！儘管知道人不可貌相，但沒想到他可以隱藏著本性，十多年來一直裝成一個正常人的模樣。

Chapter.14 ◆ ◆ ◆

路易斯用嫌惡的眼神瞥了一眼沾染精液的褲子，問道：

「我也會那樣死去嗎？被毆打、用凶器凌虐、被強姦……」

「你在說什麼？我怎麼可能會那麼做呢？」

公爵激動地快要跳了起來。路易斯覺得他臉上那一副難為情的模樣真的、真的非常噁心，令人毛骨悚然。公爵秀出了桌上擺放的數十種凶器，一邊解釋：

「我要把你做成標本，我可是很認真地練習過。我要把你現在這副模樣完完整整地永遠保存下來才行，然後把你放在我的寢室裡，每天抱著睡覺。」

「……」

如果上次那隻鹿就是他所謂的練習成果，那他想要做出一個漂亮的標本恐怕很有難度。路易斯想起那隻被徹底開腸剖肚的鹿，眉頭就皺了起來。雖然想過他製作標本的技術實在很差，但路易斯沒想過自己會成為被製作的對象。早知如此，就應該要先告訴他，剝製標本時的標準作法就是盡量不要破壞到表皮。

鮮血不斷從左眼上方淌下，路易斯瞇起了左眼：

「……我可以問您一件事嗎？」

威頓公爵還靠在路易斯的膝蓋上享受著高潮的餘韻，聽到路易斯的問題後抬起頭來。

「薩布里娜說看到我和您一起從化裝舞會上離開，但是我完全沒印象了……」

路易斯還以為自己純粹是喝到爛醉了才會一整個晚上毫無記憶，但假如對方是繩索人，事情就另當別論了。

「在初夏的化裝舞會上，您是否對我下藥了？」

「白色殺戮」。這是模仿犯罪的瑞恩所持有的藥物。繩索人委託瑞恩犯案時交給他的這個藥物的作用，和路易斯當時經歷的那些症狀一致。無論再怎樣喝得爛醉如泥，記憶也不至於變成一片空白，尤其是那一晚的事情，路易斯如今越想越不對勁。

聞言，公爵一邊「啊啊」恍然想起了什麼似的，從地上爬了起來。

「沒錯，我把藥混在一杯潘趣酒裡拿給你，你喝得很開心呢。」

他露出一個如孩童般純真的笑容。然而，就在下一秒，他臉上開心的表情瞬間消失。公爵用那副令人駭然的模樣質問著路易斯：

「我明明叫你在那裡等，你為什麼走掉了？」

憤然指責的無禮語氣簡直像個沒有教養的小孩子。

Chapter.14 ✦ ✦ ✦

「……什麼？」

「那時馬車還在後方，所以我叫你稍等一下，結果你不是就上了別人的馬車走掉了嗎？你為什麼要那樣？」

不，不僅是他的語氣，路易斯發現就連他的聲音也變得像個孩子般尖細。彷彿被惡靈附了體，就像是別人在說話似的。他的眼中燃燒著瘋狂。

「……就算您問我為什麼……」

路易斯什麼都不記得了，根本不可能回答得出來。

「看來我是坐了別人的馬車走了？」

那麼，阿拉爾侯爵真的就是孩子的父親嗎？如果是這樣，自己和紅髮男子最後進了旅館的證詞也就與事實相符了。

聽到路易斯的問題，威頓公爵突然激動地搖晃著路易斯的肩膀，語調高亢地吼道：

「沒錯！他媽的，我都叫你要等我了！我要你在那裡等著的時候你明明都點頭答應了，也好好地回應了我的告白！」

「……」

好好地回應了他的告白？這不就是那藥物的作用嗎？怪不得後來他追問告白的事情時，自己一點印象也沒有，路易斯無奈地嘆了一口氣。威頓公爵像個瘋子似的抓狂發怒，氣喘吁吁地大口喘氣。

「我等你等了一整夜，一個長得像你的女孩子剛好經過。」

他開懷地露齒而笑，彷彿想起了自己第一次殺人的回憶。這正是第一名被害者賽琳娜·伯爾頓為何遇害的原因。路易斯很想甩掉肩膀上浮起的雞皮疙瘩，但是他雙手被捆綁著，別無他法。

「……總之，那天和我上床的人原來不是公爵閣下啊？」

「什麼？」

「那天晚上我和某個男人上了床，但是我沒有半點記憶，連對方是誰都不曉得呢。那真是一個火熱的夜晚啊。」

路易斯刻意地挑釁，語氣平淡地敘述著。公爵臉上的表情再度消失，頓時臉色漲紅。

「——你說你和別的傢伙睡了？」

「對啊，但是我也被下了藥，所以不記得是怎麼發生的了。」

諷刺的是，得知孩子的父親是個有婦之夫的事實竟然讓路易斯鬆了一口氣。不管怎樣，和

Chapter.14 ✦ ✦ ✦

一個既是性變態又是連環殺人魔的男人相比，阿拉爾侯爵實在是好太多了。不過看樣子，別說要生下孩子，就連要活著離開這裡都似乎沒什麼指望。路易斯想到之前在夢裡和孩子見面時，還說了一定會把他生下來的，目前看來這件事真的很有難度。

路易斯盡可能地扭轉背後被綁住的手腕，找到了繩結所在。他用指尖不斷地搓著結實的繩結。

「您都不知道我那天早上起來時有多驚慌……我竟然完全不記得發生了什麼事情。身上充滿了事後的痕跡，又只有我自己一個人躺在那裡……老實說我一直以為和我上床的那個人是您，既然不是的話還真是慶幸呢。」

「你跟別的混蛋睡過？是哪個傢伙？」

公爵猛然揪起路易斯的衣領，路易斯咳地倒抽了一口氣，頓時無法呼吸。不知道對方究竟是想掐死自己還是是在逼迫著自己回答。路易斯眼珠子一翻，瞬間有種要死了的感覺，這時公爵的手卻陡然放開，把路易斯粗暴地摔了出去。

砰！椅子向後倒下，路易斯的頭重重地撞在地面。

「呃……哈啊、哈啊……」

路易斯一邊大口呼吸一邊弓起了身體。原本就有些暈眩了，再加上缺乏氧氣，整個人昏沉無力。

「很痛嗎？有沒有怎樣？」

在路易斯模糊的視線當中，看到威頓公爵滿臉擔憂地在慰問自己。眼前他的模樣和之前緊抓著自己肩膀問著痛不痛的時候如出一轍，既感抱歉又擔心不已，讓路易斯頓覺不寒而慄。這個瘋子一直以來到底是如何偽裝成正常人的？說實在的，正因為認識了他這麼久的時間，路易斯更加感到震驚、難以置信。

路易斯皺眉喘息，同時抬起頭來看著他的臉。

「閣下。」

一聽見路易斯的呼喚，公爵閉上了嘴，望向路易斯。他的眼中有著期待，不曉得路易斯要對他說些什麼。路易斯暗忖，難道他是以為自己會巴著他乞求他饒命嗎？

「我想提前跟您說一聲，既然閣下打算剖開我的肚子，那麼您到時候可別嚇到了。」

路易斯勉強睜開快閉上的眼睛，彷彿呢喃似的低語。

「我怕您動手劃破肚子時，才看到他突然冒出來的話，一定會被嚇一跳的……我的肚子裡面有個孩子，就是那天跟人上床之後懷上的。」

聞言，威頓公爵的眼睛張大，目皆欲裂。

「你……你是騙人的吧？」

「是真的。反正，等您剖開來就知道了。」

路易斯咧嘴笑了笑。公爵忽地站起身，臉色再一次地漲紅。

「你、你、你這個淫蕩的婊子——！」

「給我下藥的明明就是閣下，怎麼還反過來罵我呢？我根本毫不知情，您既然給我吃了那麼危險的藥，應該要好好負起看管的責任吧？」

路易斯語帶嘲諷地指責他的不是。威頓公爵的臉龐頓時極為凶惡地扭曲了起來。啊、故意激怒他的路易斯暗叫不妙，做得太過頭了嗎？

路易斯不露聲色地拚命解著手腕上稍微變得鬆弛的繩結。現在手臂能接觸到地面的這個狀態，更易於摩擦繩索。不過，剛才為了分散他的注意力刻意挑釁了一番，路易斯不確定自己在解開繩子之前會不會先被對方給打死。

不出所料，公爵從擺放了一整排的凶器當中拿起了一把小斧頭。他抖動的手，還有大步逼近的步伐，配上那一臉殺氣騰騰的表情，彷彿要直接朝著路易斯的腦袋一陣猛砍似的。小斧頭的刀刃上附著著血漬，如果被砍中，應該就跟被鈍器襲擊的感覺一樣。

「那個、閣下。」

路易斯盡可能地吸了一大口氣，緩緩地開口叫他。

「既然您要把我做成標本，是不是該在我模樣好看的時候製作會比較好？我今天這副鬼樣子，連我自己都看不下去了，到處都是傷口。」

膝蓋磨破了皮，臉上滿是擦傷，就連額頭也裂了開來，無論再怎麼遮掩，還是看得到臉上沾滿了泥土和汗水。這副狼狽的模樣，路易斯不知道梅特涅剛才是懷著什麼樣的心情抱了自己。

「不會，你無論何時都很完美。」

「……是這樣嗎？」

路易斯心想，剛才不是還在罵我是淫蕩的婊子嗎？自己現在這個模樣已經完美到可以立刻殺了的這個想法，他不曉得這算是一種讚美還是一種侮辱，只能點了點頭。想要和變態殺人魔進行一些正常的對話，果然不是一件簡單的事情。

「不過，用斧頭來剝製標本，好像有點奇怪呢。」

Chapter.14 ✦ ✦ ✦

所謂的標本，最基本的一點就是盡量不在表皮留下傷口的情況下，取出內臟放掉血液後，再用一些替代的填充物來填補。然而，對於路易斯的建議，公爵卻是搖了搖頭。

「不是，你的身體有某個部分需要移除。」

「……」

剛剛不是才說很完美的，說詞還真是反覆無常。路易斯強撐起快要闔上的眼皮，詢問著對方：

「是哪裡？」

「這裡。」

就在他低聲開口的那一霎那，哐！斧頭迅速地在路易斯面前重重落下。

「……」

路易斯看著那把剛好嵌在他胯部前的椅子上，還在不停晃動的斧頭。

「……您是說我的那裡？」

「對，污穢的東西就該把它切除才行。」

「那……您不能等殺了我之後再把它去掉嗎？」

儘管路易斯做了死亡的心理準備，但是要在活著的狀態下被摘去性器，不管怎麼想都覺得很可怕。

聽見路易斯的話，公爵慢慢地搖著頭。

「不行，要先切掉這個不知道曾插進什麼洞裡廝混的雞巴玩意，才能把你完美地剝製下來。」

「……」

路易斯真的、實在是很想知道，這個男人是如何假裝成一個正常人的樣子生活了這麼長的一段歲月。

通常殺人犯在落網之後，在他身邊的人也時常表示不知道犯人原來是那種人，但再怎樣意外，多少總是有一點跡象可循的。然而，整個社交界一致公認威頓公爵是個誠實憨厚的男人，誰能想到他卻是個會說出如此喪心病狂的變態話語、還急著要割掉別人生殖器的男人……

公爵像是感到十分興奮，一邊喘著氣一邊朝路易斯走近。他正要伸手脫路易斯的褲子時，路易斯微嘆了一口氣：

「要說廝混的部位，我的後面才更是嚴重。不久前剛跟皇太子殿下做了之後才離開的，裡

Chapter.14 ✦ ✦ ✦

面都還有精液在流動呢。這個您打算怎麼辦？是要挖出來嗎？」

路易斯還在輕笑著，剎那間，聽到了一聲響亮的拍擊聲。路易斯維持著被綁在椅子上翻倒在地的姿勢，而公爵直接壓坐在他胸前，正連續地甩著他耳光。公爵搧著路易的雙頰，打到他耳朵嗡嗡作響聽不清楚了，才猛然起身，粗喘著對著椅子猛踹。

砰砰砰，路易斯的頭腦頓時一片空白，搞不清楚現在究竟是什麼情況。儘管知道這是自己挨打的聲響，卻比想像中還來得更加衝擊。嘴唇好像破了，還有什麼東西順著臉頰流了下來。是耳膜破了嗎？路易斯聽到了耳鳴聲。

眼前視線越來越恍惚，只要一個不注意就會昏厥失去意識，路易斯死命地咬著嘴裡的軟肉以保持清醒。雖然手腕上的繩結因為方才那一陣劇烈動作而又鬆開了一些，路易斯感覺在解開之前自己大概會先昏死過去，然後這一切似乎就這麼結束。還差一點點，只要再解開一點就可以了……

「你這個骯髒的婊子、骯髒的婊子……」

公爵一邊粗喘，像個瘋子一樣地喃喃咒罵著。

「嗚——」

路易斯本想再說句什麼，嘴裡卻只能發出呻吟來。他閉上了眼又費勁張開，努力試著讓自己打起精神。地板上的血腥味不知道是自己的還是別人的。

哐哐哐！公爵用拳頭重重敲擊著桌子，一把掃掉桌上的那些道具，同時發出了狂吼。路易斯看到那些凶器全都鏘啷鏘啷地摔至地面上。公爵像頭失去理智的野獸，繼續吼叫了好一陣子，卻仍然無法排解他的憤怒，他回過頭，雙目赤紅地看向路易斯。

被固定在椅子上並臥倒在地的路易斯只能微微掀開眼簾，見對方走近，他長長地呼出了一口氣。

對方的手裡拿著一把刀。那是一把可以斬斷骨頭的大刀。路易斯不禁思考，他拿著那把刀，究竟是打算砍斷自己的哪裡……。大步走來的公爵在路易斯面前將刀子高高舉起。身材原本就魁梧的他高舉著尖刀，刀刃的表面反射著提燈的火光，幢幢搖曳。他的影子宛如惡魔的身影。

「——！」

路易斯好不容易終於完全解開了繩結，迅速拔起方才插在椅子上的那把小斧頭，往公爵的腳上一刀砍下。他就像在砍樹一樣，快狠準地砍了下去。

「呃、呃啊啊！」

鏘啷啷，公爵手上拿著的大刀掉到地板，他整個人也砰地應聲倒在原地。路易斯趴在地上摸索著，拾起了他掉下來的那把刀。頭很暈，還喘不過氣來，路易斯艱難但急促地切斷了束縛在腳踝上的繩索。要趁著公爵還抱著自己的腿，像頭野獸般呻吟的這時趕緊逃出去才行。路易斯冷汗淋漓，才剛站起來就感到一陣頭暈目眩。路易斯腳步一個踉蹌，倒抽了一口氣便向前撲倒下去。哎，該死。兩隻腳完全使不上力氣。路易斯匍匐著往門口爬行，還沒來得及握到門把，一隻大手就從背後抓住了他的後頸。

「——！」

路易斯深吸一口氣，然後竭盡全力地朝後方揮出拳頭。拳頭只劃破了空氣。躲開了拳頭的公爵露出怪物般猙獰的神情，一把揪住了路易斯的腦袋。

「你這個臭婊子、咳！」

路易斯用膝蓋頂撞了他的下巴。假如身體無礙的話，路易斯絕對有辦法推開他從這裡逃脫出去的，可惜大概是失血過多，感覺現在已經快到極限了。

一個巴掌朝路易斯飛了過來，公爵狠狠摑著路易斯已然腫脹的臉頰，發出啪啪的聲響，隨後再次揪起路易斯的頭髮，把他沿路又拖了回去。

路易斯的視野已經太過朦朧，連移動指尖的力氣都沒有了。不能在這時候放棄，但是路易斯的感官已經變得遲鈍不堪。胃部在翻騰，好像要吐了。路易斯甚至不曉得肚子裡的寶寶是否依然安好。肚子裡毫無胎動之類的動靜，安靜得就好像裡面什麼都沒有似的。

「……我還不想死……」

路易斯癱倒在地上咕噥著。只見公爵步履蹣跚地撿起了掉在地上的刀子。

本來路易斯僅是被動地覺得不想扼殺孩子的生命而已，現在想想，自己其實是想要生下他的。想要生下來看看他是長得什麼模樣，是否如同夢中那般可愛溫順。龍寶寶用尾巴拍撫背部的時候真的好可愛啊……。

路易斯腦海裡不禁閃過一絲念頭，早知道自己會這樣死去，應該要試著向梅特涅告白的。雖然也不會有結果，大概只會看到他一臉為難地皺著眉頭，讓自己徒增心痛罷了，但是一想到死去後便再也看不到他的那張臉龐，路易斯就覺得遺憾不捨。早知道會這樣，在離開之前應該盡情地看個夠的。這個世界上再也不會有像他那麼好看的人了，連長得相似的人都不會有。

「沒能逮捕你……也很可惜啊……」

路易斯囁嚅著，眼睜睜看著公爵舉起了刀子。和繩索人糾纏了四個多月，卻被這傢伙給抓了，即將死在他的手裡，路易斯感到遺憾萬千。

公爵目露凶光，滿面殺氣，似乎已經把做標本的事拋到腦後去了。他看起來一心只想把路易斯給碎屍萬段。

在刀鋒砍進路易斯的額頭之前，他費盡全身的力氣，對著還插在公爵腿上的那根小斧頭用力一踹。

「呃、啊啊！」

哐！小斧頭從他腿上脫落，頓時鮮血如泉湧地噴灑而出。

「——」

路易斯把捂著腿的公爵丟在身後，再一次爬向門口。感覺大門像在百尺之外那般遙遠。爬沒幾步，路易斯又被揪著頭髮拽了回去。

「……」

公爵渾身血淋淋的，彷彿很痛苦地煞白著臉。他眼神癲狂，直接坐在癱軟的路易斯肚子上，雙手緊抓著路易斯的肩膀。

「……路易斯、你這個狗娘養的婊子……」

路易斯從對方扣住自己雙肩的手上感覺到了殺意。別說是要推開對方了，路易斯連眼睛都沒有力氣睜開。

看來實在是無法活著從這裡出去了。路易斯在心裡怨歎：我不想被亂刀砍死啊。這樣對待一個懷孕的人也太過分了吧？我想要把孩子生下來，也好想見梅特涅最後一面……

就在路易斯抱著這些念想，正要閉上眼睛的剎那。

外面傳來了一陣騷動聲。

不能進去那裡、不行、鏘哐啷、那裡是——！羅伯特迫切的嗓音、腳步聲，還有猛然被打開的門，全部都發生在了轉瞬之間。

昏暗的房間裡頓時灑進了明亮的光線。

路易斯朦朧的視野裡出現了一道光芒，而梅特涅人正站在那道光芒之中。

「——真是開了眼界啊。」

有那麼一瞬間，路易斯以為自己已經死去，是天使來迎接了。然而，梅特涅低頭俯視著此處的神情過於冷酷，不像是天使，說他像個死神還差不多。路易斯也看到了薩布里娜和傑克的身影，在他們身後還有幾名熟面孔的警備兵。

Chapter.14 ✦ ✦ ✦

路易斯這才意識到自己確實還活著。

「呃！」

在明亮的光線照映之下，公爵的臉部扭曲了起來。他像是在做最後的掙扎，舉起刀子就要朝路易斯揮下，男人們已經上前來扣住威頓公爵的雙臂，把他綁起來拖了出去。吼啊啊，被壓制著的公爵，嘴裡爆發出一種禽獸般野蠻的怪叫。整個狹窄的地下室空間充滿了他的吼叫聲。即使已被拘捕，公爵仍然不停地掙扎著。

路易斯的嘴唇掀動了一下。

「……」

身上沈重的重量消失之後，路易斯終於可以喘息了。他癱軟無力地躺在地上，梅特涅走到了他的身旁。

「……」

梅特涅在路易斯面前跪下了單側的膝蓋，抬手輕撫著路易斯腫脹的臉頰。路易斯抬起頭望向他，只見那漂亮的臉龐上滿是煩躁。每當路易斯受了傷，梅特涅就會露出這種內心有怒火在翻騰的表情。

「……殿下。」

路易斯動了動嘴唇之後，出聲呼喚。梅特涅隨即瞥了一眼，看向路易斯的眼睛。梅特涅面無波瀾的雙眼看起來很是生氣。

「……」

他怎麼會出現在這裡？要告訴他自己很想見到他嗎？但是一想起最後離開他的那一刻，又必須和他告別才行……

路易斯看著梅特涅白淨的臉龐，一時說不出半句話來。梅特涅微微地嘆了一口氣，嘆息之中帶著一股疲憊之意。

「你先睡一會吧。」

他用手蓋在了路易斯的眼睛上方。冰涼的手觸碰著浮腫的眼皮，路易斯感覺心臟彷彿融化了一般，一下子就安然地入睡了。

◆
◆
◆

Chapter.14 ✦ ✦ ✦

梅特涅望著不知道是睡著還是昏了過去的路易斯，低聲地嘖了一聲。路易斯只是摔一跤，臉頰稍微擦傷的那時，他就已經很想叫路易斯辭掉職務，別管什麼警備團團長了，他只要路易斯整天平安地待在自己的寢室裡就好。如今這是傷成了什麼模樣——根本沒有一處是完好的。腦袋瓜破了一個洞，全身傷痕累累，奄奄一息的。

「這就是你的逃跑嗎？」

梅特涅將躺在血泊之中的路易斯抱了起來。四肢無力垂落的身體就算摟進懷裡也不會掙扎抵抗。血跡斑斑的臉蛋蒼白無比，看起來就像是死了一樣。

「御醫抵達了。」

傑克一臉僵硬地向梅特涅報告。公爵宅邸的地下室，這裡怎麼看都是個殺人工坊。確實有協助犯案的管家和侍從們也都遭到了逮捕。

「到底是怎麼知道的——」

管家羅伯特一臉虛脫無力地被拖了出來，渾身發著抖。當傑克和薩布里娜表示要搜查宅邸時，他的態度還很傲慢，待梅特涅一現身，這個老頭便哆哆嗦嗦地開了門。

怎麼知道的？梅特涅早在繩索人這個名號出現之前，就已經在懷疑兇手或許是威頓公爵了。

他專挑和路易斯相像的人下手，還有他捆綁第一具屍體的那個紅色貢緞，也是皇室在包裹禮物的時候最常使用的材料。

拉斐爾雖然裝作一副老實斯文的模樣，實則是皇室家族當中最自卑的傢伙，同時也是個混蛋。梅特涅雖然還注意到了其他幾項線索，但是他刻意不去深究。因為一旦破了案，路易斯就會離開自己了。

路易斯肚子裡的寶寶會是那傢伙的孩子嗎？那就簡單了，除了肅清一途別無他法。阿拉爾本來就是已婚人士，勢必會自動退出的，那麼，剩下最難解決的對象就是賽里昂了嗎？

等路易斯清醒後要來問問他才行。梅特涅把像屍體一樣的路易斯緊緊擁在懷裡，在他的臉頰上吻了吻，才開始移動腳步。正要離開地下室的時候，不停鬼吼鬼叫、奮力掙扎的威頓公爵從後方朝著梅特涅大喝了一聲。聽起來彷若垂死前的掙扎。

「操！那個骯髒的臭婊子！你把那個懷了誰的種都不知道的婊子當成寶一樣地愛護，總有一天也會落得我這番下場！」

「……」

「骯髒的婊子！臭婊子……！」

Chapter.14 ✦ ✦ ✦

梅特涅停下了腳步。正要離開的他忽然轉過身來，大步朝著威頓公爵走去。公爵被警備兵們捆綁制伏著，在地板上扭動著身軀。他話還沒說完似的，才剛張開嘴，就被梅特涅用皮鞋啪地踹了他的頭部。

「……咳、咳咳、」

啪、啪、啪，梅特涅就像在踢皮球一樣，對著他的頭狠踢了好幾腳之後，直接把他踐踏在腳底。威頓公爵嘴裡只剩下咳嗽般的呻吟，吐了一口血沫出來。梅特涅把懷裡的路易斯惦了下，重新抱緊了，然後對眼珠快要翻過去的公爵問道：

「路易斯說他不知道孩子的父親是誰嗎？」

「……咳、」

公爵沒有回答，只一個勁地喘著，梅特涅於是再踹了他一腳。

「咳——咳、」

嘩啦嘔出一口鮮血，簡直要喘不過氣的公爵抬眼瞪著梅特涅。都被打成這樣了，他騰著殺氣的目光還是十分惡毒，儘管如此，他也只能束手就擒，什麼都做不了。

「咳咳、沒錯，他媽的，不過給他下了一點藥，他就隨便找個人滾上床了——懷孕？他竟然懷孕了？我本來要剖開他肚子，把那個雜種直接扯碎——」

威頓公爵磨動著上下頜牙齒，聲音瘋癲地發著狂語。梅特涅聞言眨了眨眼。給他下了藥？

他抱著路易斯的手不自覺地使力。

路易斯那天跳上馬車的那一刻從他腦海中一閃而過，如果是那種藥，或許……

「……」

見梅特涅蹙眉，威頓公爵露出他染了血色的牙齒笑了起來。

「已經有四個月、不對、都五個月了，你和這個抹布般骯髒的婊子還廝混得真好啊，臭婊子明明連懷了誰的雜種都搞不清楚……咳！」

梅特涅啪地一腳踩在了耍嘴皮的威頓公爵頭上。

禽獸不如的東西，嘴巴還放不乾淨就是找打。

梅特涅將重心擺在踩著公爵的那隻腳上施力踐踏，然後俯下身子，對著痛苦呻吟、吐了滿口血的傢伙低聲說道：

「是我的孩子。」

四個月前，和被下了藥的路易斯上床的那個人，就是自己。

◆
◆
◆

路易斯在如今已然熟悉的夢境之中徘徊，尋找著巨龍的身影。整個世界被濃霧所籠罩，伸手不見五指。

牠不會是受傷了吧？路易斯想起自己從馬上摔落，接著還和威頓公爵發生了一連串的肢體衝突，焦急不安地環顧著四周。公爵那時甚至還直接坐在自己的肚子上，很是令人擔心。

四周是一片的陰森荒蕪。

上次答應牠要生下來才過沒多久，就害這裡成了這副模樣。路易斯咬著下唇，繼續在附近走來走去地尋找。這裡寒冷到他身子都蜷縮了起來，他到處晃著晃著，忽然看到遠方好似有什麼東西。

『……？』

路易斯眨眨眼，朝著那裡小心翼翼地靠近。才走了幾步而已，一股甜蜜的香氣就撲鼻而來。

『……啊！』

Chapter.14 ♦ ♦ ♦

龍正在趴著睡覺。之前纏住路易斯的藤蔓現在宛如毯子一般覆蓋在牠的身上。而藤蔓上正盛開著數百朵那美麗無比的花朵。

看起來就像是替牠蓋了一條花毯子在身上。

一陣暖風徐徐地吹拂而過。

路易斯呆望著這幅景象，然後靠近了巨龍的頭部。龍發出規律的呼吸聲，正安安穩穩地睡覺。路易斯大致檢查了一下，看起來沒有什麼受了傷或不舒服的地方。

幸好牠沒事。路易斯非常小心地輕撫著龍的頭頂。牠彷彿很舒服地歪著頭，把頭倚在路易斯的手上。溫熱細膩的觸感靠在了手掌心，讓路易斯有種心癢難耐的感受，和撫摸梅特涅頭髮時的心情相同。當時的情況太過混亂，沒辦法顧到牠，還好牠沒有受傷。就在路易斯一邊摸著龍的腦袋一邊露出微笑時……

『……？』

腳踝上不知道有什麼東西在搔癢著。路易斯一低下頭，有個東西倏地朝他撲了過來。他啊了一聲跌倒在地，但是沒有半點痛意。那些美麗的花朵將路易斯的身體完全包覆了起來。藤蔓枝條上長滿了碩大的花蕾，籠蓋在路易斯的身上。

『……呃、』

柔軟的花叢把路易斯整個人都給纏繞了起來，他倒在龍的身旁無法動彈，只能眨著眼睛。呃……路易斯一臉疑惑地環顧著四周，觸目所及之處皆是那些花草藤蔓，四面八方全都是那美豔的花朵。

路易斯這下子哪裡都去不了，真的可以說是一動也不能動了。

◆ ◆ ◆

「——！」

猛然睜開眼睛，驚醒的路易斯不由得探摸著自己的身體。那些緊緊纏繞在他身上的花朵藤蔓全都消失得無影無蹤。

啊，對了，是在作夢。從過於栩栩如生的夢境中醒來，路易斯不由得鬆了一口氣。那些花兒是那麼漂亮，又香又軟，路易斯原本是感到非常喜愛的，但是看到花朵開得那麼密密麻麻的樣子，莫名有種奇怪的感覺。該怎麼說呢？彷彿有一種被矇騙上當的……

Chapter.14 ✦ ✦ ✦

「——嗯？」

原本撫著自己肩膀專心想著夢境的路易斯這時突然環顧著四周。

這是什麼？

他直起上身，發現自己受傷的頭部和膝蓋這些地方都裹著乾淨的綳帶。衣服也換過了，髒兮兮的手掌和身體似乎也都清洗乾淨了。

問題不在這裡。

路易斯從床上爬起來，一拐一拐地向外走去。

他似乎明白了為何那些在監獄裡的犯人總是會抓著鐵欄杆往外看。路易斯抓著鐵欄杆，失了魂地向外望著。他不知道自己為什麼會在這裡面。

他被關在了一間牢房裡。

CHAPT. 15

愛情的監牢

確切來說，把這裡稱作牢房好像也不太妥適。路易斯這輩子還沒見過長這樣的監牢。除了裝著鐵欄杆，哪裡都去不了這點之外，其他東西是應有盡有。一側有個開闊的庭園。剛才路易斯一睜開眼睛，率先映入眼簾的就是這片庭園，讓他甚至以為自己還在作夢。

玻璃窗外的庭園不是很大，但也不算小，是可以在那裡稍微散散步的大小。四周雖然建有高牆，但是因為是露天的，可以看到一整天時間流逝的景象。

還有，房間寬敞到不該被稱作是間牢房。地板上鋪著腳踝都要陷進去的鬆軟地毯，床鋪的尺寸就跟梅特涅寢室裡的一樣，大到不管怎麼翻滾都不會滾到床底下去。被子也宛如雲朵般地柔軟潔淨。

當然，這裡另外附有獨立的廁所和浴室。侍從們早上會進來更換床單寢具，甚至還會進行

Chapter.15

簡單的清潔打掃，服侍路易斯入浴。

「我為什麼會被關在這裡呢？」

每個進來的人都被路易斯一一抓著詢問，但是所有人都對他避而不答。有的會對他露出微妙的笑容，或是只肯告訴他「因為您需要靜養」這種不明所以的答覆，之後就緘默不語了。

也許自己被誤以為是繩索人的協助者之類的同夥？不可能啊。那樣的話，薩布里娜他們應該早就過來替自己解釋了。路易斯惴惴不安，終日在鐵欄杆前徘徊。到了第三天，終於等到了薩布里娜從他面前經過。

「薩布里娜！」

路易斯跛著腳趕去了欄杆前，整個人掛在鐵窗上。他理所當然地以為薩布里娜是來和自己見面的，薩布里娜卻是瞥了路易斯一眼之後，才停下了正欲離去的腳步。

「薩布里娜，我為什麼被關在這裡？繩索人後來怎麼樣了？彼得呢？彼得被放出來了嗎？」

路易斯慌慌張張地問道。薩布里娜聞言，一臉寒心地望著他。她上下打量著鐵籠裡的路易斯，態度有些叛逆地歪著頭回問：

「就是說啊，您為什麼被關起來了呢？」

「這是什麼意思?」

「就是我也不知道理由的意思。您到底為什麼會在那裡啊?」

路易斯頓時被她的反問噎得無言以對。自己知道理由的話還需要問她嗎?

「那個、我是不是被誣陷說和繩索人有所牽扯?」

聽了路易斯的猜測,薩布里娜深深地嘆了口氣。

「您是認為我們警備團無能到需要讓最後一名被害者背黑鍋的程度?」

「不、不是的,因為我實在想不出別的原因……」

不知為何,在她面前,路易斯有種自己越來越渺小的感覺,於是句尾的聲音也小到聽不真切。

薩布里娜用惱怒的眼神環顧著鐵欄杆內路易斯的牢房。

「有庭園,還有個大床,看起來非常舒適呢,您就繼續待在裡面吧。您腿骨不是摔傷了嗎?正好可以好好休養。」

「不是啊,至少要弄清楚被關起來的理由……」

「如果沒什麼特別的問題,應該很快就會放您出來了吧?別太擔心了。看起來如此高規格的待遇,您還有什麼好抱怨的呢?」

Chapter.15 ◆ ◆ ◆

「但是……」

這裡的待遇確實相當隆重。監牢裡的環境不僅豪華，侍從們也經常出入，時刻確認路易斯是否有什麼需要。御醫也每天過來幫路易斯更換繃帶和上藥，仔細地檢查他身體是否有任何不適之處。

路易斯早上只是說了他想吃水蜜桃而已，不到十分鐘，各種種類的桃子被切得漂漂亮亮地送進了牢房裡。每一頓他們都送來多到吃不完的食物，用完餐後，侍從們甚至還會服侍路易斯洗漱。路易斯剛吃飽就想睡覺，他沒顧慮太多直接睡了過去，一覺起來之後又吃起了下一餐……。其實，薩布里娜說得沒錯，在這裡確實沒有什麼好抱怨的。但是，在原因不明的情況下被拘禁起來，明顯是有什麼情節重大的問題，路易斯不由得緊皺著眉頭。

「繩索人……威頓公爵將於明天受到裁決，由於原本就證據確鑿，再加上有團長您這最後一名受害者作證，就算他是皇室成員，判決的結果應該是不會有什麼太大的意外。」

他並非嫡傳的皇太子，還犯下足以顛覆國家的殘酷罪行，這樣一個喪盡天良的連環殺人魔，是不可能得到什麼對他有利的判決。

「彼得獲得了釋放，已經返回醫務隊工作，您可以不用擔心了。」

「他沒有受傷吧？」

害怕有個萬一，路易斯擔憂地問道，只見薩布里娜搖了搖頭。

「他好得很，在我認識的人當中，身體狀況最淒慘的就屬團長您了。」

聽到她的話，路易斯安心地點點頭，吁了口氣，真心慶幸彼得平安無事。得知他被不需要申請許可就能任意刑求的皇家騎士團帶走時，路易斯真是嚇得魂都要飛了。

「那個、薩布里娜。」

聽到呼喚，薩布里娜看向了路易斯。路易斯壓低了嗓音，在她耳邊悄聲解釋：

「這是我被威頓公爵綁架的時候得知的，原來他不是孩子的父親……這樣看來，應該就是阿拉爾侯爵了。」

「……」

路易斯的話讓薩布里娜一時陷入了沉默，她嘴巴沒有出聲地動了動，隔了好半晌才開口：

「您是說阿拉爾侯爵？那位有婦之夫？」

「嗯，我吃了白色殺戮後，完全失去了記憶——但是有人看到我和一名紅髮男子進了旅館。」

Chapter.15 ✦ ✦ ✦

「……」

薩布里娜張開了嘴卻又閉上，像是不知道該如何啟齒。阿拉爾侯爵愛妻的行徑是出了名的。夫妻倆鶼鰈情深，侯爵夫人最近傳出懷了身孕的消息，侯爵歡欣鼓舞地在街坊大肆慶祝的新聞還登上了社交界的報紙。

「這件事，除了我以外，您最好不要告訴別人。」

「嗯嗯。」

路易斯點了點頭。他也不願意因為這種被下了藥自己都不記得的事情而去破壞別人的家庭。當然了，和一個容易出軌的丈夫裝成恩愛夫妻的模樣過日子，對於伯爵夫人來說是否幸福的這一點令人有些存疑，但基於路易斯根本就不記得那天發生了什麼事情，他也沒有說話的立場。

見薩布里娜一副隨時打算離開的匆忙模樣，路易斯伸手抓住了她的衣服。

「怎麼了？」

「……」

儘管已經預測到聽了問題的薩布里娜會向自己投來可怕的眼神，路易斯現在才終於要問出他最想知道的事情：

「皇太子殿下……他還好嗎？」

果然不出所料，一聽到這個問題，薩布里娜的眉心就不爽地皺了起來。

「那是當然，他過得可好了，最近的他看起來就像是世界上最幸福的男人呢——您是被關著太閒了嗎？還擔心起這種無謂的事情來。」

她嗤笑了一聲，路易斯都還來不及做出反應，人就已經走掉了。

梅特涅看起來很幸福？路易斯在床邊坐下，有點難以形容現在的心情。的確，梅特涅沒有什麼理由好感到不開心的，只是回想起最後要和他分開，他當時難受的神情和不願放手的偏執反應，路易斯還以為對方的心情會因此受到影響。

知道他過得很好，也算是值得慶幸的一件事……

路易斯莫名感到口中一陣苦澀，抬起手背抹了抹嘴唇。

晚餐依舊非常豐盛。路易斯吃飽後拍著肚皮，一邊散步一邊在想，自己安逸成這樣好嗎？應該趕快逃出去找個地方準備生孩子才對啊，再這樣下去，肚子大到要臨盆的話就完蛋了。

雖然腦中依稀有著這些想法，但是被禁錮著的路易斯仍然什麼也做不了。自己為何被關在這、其他人知道自己被關起來的事嗎？在對外界情況一無所知的狀態下，路易斯唯一能做的，

Chapter.15 ✦ ✦ ✦

就是被盛情款待所壓抑的懷孕症狀給折磨得暈頭轉向。

用溫暖的水沐浴過身子後，立刻感到一陣睏意來襲。明明一整天除了吃飯睡覺之外什麼事都沒做，路易斯對於這麼快就又昏昏欲睡的自己感到神奇不已。等明天醒來，一定要弄清楚外面的情況是怎樣，還要問出自己遭到囚禁的原因。想到這裡，路易斯把自己埋進柔軟的被褥裡，隨後閉上了眼睛。

不曉得睡了多久，路易斯感覺到床邊有人鑽進了自己的被窩裡。一抹甜絲絲的香味飄來。好像是梅特涅。路易斯悄然睜眼，看到那頭熟悉的白金髮，於是再度闔上了眼皮。

梅特涅在被子裡攬住了路易斯的腰身，深深地喟嘆了一口氣。路易斯在睡夢中和梅特涅面對面相擁。他並不覺得冷，但梅特涅的體溫卻暖和得令他舒心愉悅。就好像蓋著那條花毯子，雖然稍稍感到不自在，但是極度地柔軟舒適。

白色的窗簾隨風搖曳，玻璃窗外，點點星光正灑進美麗的庭園裡。被窩裡暖烘烘的，正飄盪著梅特涅甜美的氣息。

見到了他，路易斯有好多想問的問題。不用想也知道，這個奇怪的監牢一定是他的傑作。他為什麼要這麼做、什麼時候才會放自己出去、難道真的要把自己鎖在這種地方，當成一個他偶爾過來看一眼的玩物？

然而梅特涅現在的懷抱是如此甜蜜，路易斯只想繼續閉著眼睛，不願張開。

在曙光微弱照射進來的清晨時分，路易斯因為臉頰上溫熱的觸感而醒來。悄悄地睜開眼，路易斯看到了梅特涅皺著眉頭的模樣。

「繼續睡吧，只是幫你擦個藥。」

擦藥？還真的是在擦藥沒錯。梅特涅正在還沒睡醒的路易斯臉上有疤痕的部位塗抹藥膏，還換了紗布。他的動作是那麼地輕柔。路易斯望著面無表情的梅特涅，見他起身似乎要走，路易斯也跟著爬了起來。

「那個、為什麼我會被關在這裡？」

被路易斯抓著追問，梅特涅皺著眉笑了笑：

「……因為外面的世界太嘈雜了。」

「外面嘈雜？是因為繩索人的關係嗎？」

「不是，他今天就要被斬首。這麼一個殘暴的殺人魔，還想對你做出如此可怕的事情，註定是無可救藥了——他是孩子的父親嗎？」

Chapter.15 ✦ ✦ ✦

梅特涅試探般地問道。

路易斯隨即搖了搖頭。

「不是的，幸好不是他。」

如果他是孩子的父親，那還真是令人感到衝擊。不過，反正都已經打算要獨自生下孩子撫養長大了，會不會是他的反而還比較好辦呢？但是路易斯光想到被威頓公爵觸摸時那股毛骨悚然的感覺，儘管沒有當時的記憶，他還是非常慶幸和自己製造小孩的對象不是他。

梅特涅一聽路易斯的回答便笑了出來，他點點頭：

「聽說孩子已經四個月……現在應該是五個月了？」

是彼得告訴他的嗎？路易斯頷首回答：

「嗯……是的。」

梅特涅的神情溫柔到令他有些手足無措。

「有沒有什麼讓你感到不自在的地方？有什麼想吃的東西嗎？要不要幫你把庭園再拓寬一些？」

「沒有，全部都很好，我比較想知道，我什麼時候才可以離開這裡？」

這裡舒適自在到不行，想吃的東西只要一開口，十分鐘之內就會備好送過來，至於庭園，自己一個人逛起來也夠大了，全部走完要花上個二十分鐘左右，路易斯不曉得還想繼續拓寬的梅特涅究竟是什麼意思。

「不管再怎樣加緊趕工，他們說至少需要十天的準備時間。畢竟是國家大事，應該有很多事情要忙著處理。」

梅特涅說著意味不明的話，在路易斯的唇瓣上印下了一個吻。太過短暫的吻，帶著一絲戀戀不捨的餘韻。

「再忍耐一下，馬上就要結束了。」

路易斯完全聽不懂是什麼事情快要結束、又是什麼國家大事忙著處理，然而梅特涅沒有進一步解釋就離開了牢房。

走之前，他不忘留下了一句溫柔體貼的話：

「我晚上再過來。」

◆
◆
◆

Chapter.15 ◆ ◆ ◆

一大清早，艾力克斯伯爵一家就被一則重磅消息給炸得人仰馬翻。看到家中最令人驕傲的長子爆出未婚懷孕的消息，伯爵夫人扶著額角昏了過去，伯爵簡直不可置信地乾笑了一聲。排行第二的弟弟克里斯大笑出聲，最小的妹妹瓊妮則是拿著報紙僵在了原地。

「昨晚，皇室官方正式宣布路易斯．艾力克斯爵士已經懷孕了將近五個月的消息。當然，孩子的父親正是當紅緋聞裡眾所周知的那一位主角。

本報的記者們全部做了深切的反省。這樁持續了四個月的熱戀竟然無人知曉！只要推算一下日期，就可以知道事情肯定是在初夏的化裝舞會那時發生的。

雖然不想事到如今才放馬後炮說什麼事情早有蹊蹺，更加突顯出記者群不夠用心，還有觀察力的不足，但是近期爆出來的這則緋聞確實是相當事發突然，令人意外。幾乎是在緋聞曝光的隔天，兩人就已經像一對夫夫一樣形影不離。那一位的炙熱眼神就不必多說了，就連一向木訥的艾力克斯爵士也默默認愛，經常秀出兩人恩愛相處的模樣。

雖然皇室表示他們正緊鑼密鼓地籌備一場盛大的婚禮，但是在如此緊急匆促的情況下，婚禮的華麗程度屆時還有待觀察……」

伴隨著沙沙的聲響，瓊妮手中的報紙如同被撕毀般地皺了起來。

「我們家出了個太子妃，我的天哪！——怎麼會有如此丟人現眼的事情！」

她尖刻地評論道。

報紙上說哥哥已經懷孕四個月了。假如是夏季皇室化裝舞會的話，正是哥哥玩到隔天早上才回家，自己懷著好奇心猜想哥哥是和哪一家的小姐共度良宵的那一天。瓊妮想起哥哥後來還矢口否認，強調他當時沒有和女人在一起，老天爺啊，誰知道結果竟然是跟男人、而且還是和皇太子共度的。

這可是世人都以為已經失傳的男性受孕，光是先有後婚就已經夠丟臉了，尤其都懷孕五個月了還被哥哥蒙在鼓裡的這一點，讓瓊妮感覺這篇報導對她來說每字每句都充滿了恥辱。

「打起精神來，瓊妮。」

在一旁咯咯偷笑的克里斯把報紙拿過來翻閱，見妹妹扶額，他笑著拍了拍她的肩膀。

「何必為了這一點小事感到沮喪，思考要放長遠啊，往後妳所有的護送，都將交由二哥我來全權負責。」

「……」

瓊妮的臉色變得更加難看，簡直可以用萬念俱灰來形容。

Chapter.15 ◆ ◆ ◆

◆
◆
◆

「路易斯他還不知道？」

彼得翻著滿載兩人結婚消息的報紙問道。報紙上幾乎沒有其他的新聞。討論繩索人今天是否該執行死刑的報導，在厚厚一疊報紙裡，僅佔了小小的版面。全世界都在瘋狂議論著這兩個人懷孕和結婚的事。

薩布里娜聳了聳肩，用叉子叉起了一塊培根。

「對，他以為他肚子裡的寶寶是阿拉爾侯爵的小孩。」

「……他明明什麼都不記得，幹嘛還破壞別人無辜的家庭呢。」

彼得嘆了口氣，拿起裝著牛奶的杯子喝了一口。

「就是說啊。怕他知道真相之後會過於羞恥，我跟他說好了，這件事只告訴我一個人就好。」

她一邊說著，一邊把切下來的培根放進嘴裡。

「他還跟我說絕對不會是皇太子。」

「他也是這麼對我說的——不過，誰知道呢？或許真的不是他也說不定？等他到時生下來就知道了，血緣是騙不了人的。」

彼得點頭表示同意。雖然孩子生出來後就可以知道是誰的小孩了，但皇太子這方已經率先宣布自己就是孩子的父親，甚至還一併公佈了結婚的消息。這樣的做法，除了代表皇太子對於小孩是自己的親骨肉這一點相當有把握之外，就算是別人的孩子，他也願意視如己出地撫養長大的意思。

「不曉得路易斯知不知道自己已經被皇太子給套牢了？」

「……無知即是幸福囉，知道了又能怎麼樣呢？」

薩布里娜又塞了一口培根到嘴裡。雖然薩布里娜還是用團長來稱呼，實際上，路易斯目前已被解除了警備團團長的職務。

反正路易斯原本就打算離職去生小孩，被解僱也不至於感到太過遺憾。如果他想的話，生完孩子再重返崗位也是可行的，只不過，皇太子究竟願不願意讓路易斯繼續從事警備團團長這類危險的工作，就是另一個問題了。

想當初路易斯不過是自己踩空從馬車上摔了一跤，臉上稍微擦出一點小傷，皇太子就緊張

Chapter.15 ◆ ◆ ◆

到不行，神經敏感到太子宮裡的侍從們都忍不住抱怨他對路易斯保護過度的誇張行徑。不知道的人，還以為皇太子的對象是位連呼吸都會累、弱不禁風的女子，然而，路易斯·艾力克斯以極其優異的成績從學院畢業，一口氣就爬升到警備團團長職位，他可是名健康無比的成年男性。

在還不知道他懷有身孕的當時皇太子就保護成那樣了，令人難以想像現在會是捧在手掌心寶貝到什麼程度。

薩布里娜仍然無法忘懷當她見到路易斯牢房時受到的震撼，太荒謬了。那地毯鬆軟到整個腳踝都陷了進去，就算跌倒了，大概也像栽進大海裡，感受不到半點堅硬。當時明明快到正午的時刻了，路易斯卻是一臉浮腫，剛睡醒的模樣，薩布里娜覺得那裡根本不該稱為牢房，應該叫做天堂才對。

「結果就只有我們被耍得團團轉，路易斯團長那種粗枝大葉的生活方式，人家也是能過得好好的。」

薩布里娜說著，無奈地擺擺手，彼得聽了也苦笑了一下。路易斯由於那種得過且過的個性，不慎掉進了一個意想不到的沼澤裡，還好，那裡看來似乎並不是可怕的地獄。彼得當初剛診斷出路易斯懷孕的時候，真的作夢也沒想到事情會變成這樣。他想起了自己第一次把診斷書拿給路易斯看的情景，不禁默默搖頭。

「那我去上班了，晚上見！」

薩布里娜又塞了一塊雞蛋，嘴裡含混不清地道別，然後在彼得嘴上親了一口才轉身離去。

彼得望著她一本正經的身影，忍不住咧嘴偷笑，同時繼續看向報紙上造成轟動的大新聞。

根據報紙刊登的內容，路易斯和皇太子的婚禮將會在十天之後舉行。

◆
◆
◆

原以為被關在監牢裡會無事可做，但事實上，路易斯出奇地忙碌。吃完飯小憩了一會，起床後，一名拿著捲尺和大頭針的男人正在一旁等著路易斯。

他也沒解釋任何原因，彷彿要訂做幾十件衣服似的，不停測量著路易斯的尺寸。他拿起一塊布比劃了半天，又換了另一塊布繼續測量需要的尺寸，直到路易斯打起了哈欠他才退開，他甚至還確認了路易斯手指頭的尺寸。

午飯後路易斯又睡了一覺，這次是一名鞋匠在等待著他。鞋匠替他測量了腳掌和頭圍的大

Chapter.15 ✦ ✦ ✦

小之後便離開了。路易斯到庭院去逛了一圈，吃過晚餐後他就開始覺得睏倦，入睡時，路易斯感受到了身後悄悄貼上的體溫。

拍撫著肩膀的手動作是如此輕柔，即便是在睡夢之中，路易斯也能感受到梅特涅的到來。梅特涅摟抱著路易斯而眠，醒來之後，梅特涅會在他耳邊輕聲細語地講幾則外面的消息給他聽。從誰和誰有染的輕鬆八卦，到繩索人威頓公爵已被斬首，還有明知他的惡行卻仍替他隱瞞或提供協助的那些家眷們，也都遭到了絞刑的懲治等等消息，親暱低語時的嗓音相當地動聽。

儘管路易斯知道這裡是監牢、他必須趕緊離開才行，明知現在這種狀態是非理性的行為，他也只是靜靜地抬頭望著梅特涅的臉。當下這一刻，美好得恍若虛幻一般。

梅特涅每天晚上都會來幫路易斯的臉擦藥，每當這時，他的眉頭都會蹙起。看著他難過的表情，路易斯莫名地也跟著嚴肅了起來。

「你的腳還好嗎？」

「是的，走起路來都沒問題了。」

聽到路易斯這麼回答，梅特涅在路易斯額頭吻了吻，說：

「這樣的程度還是不行，要趕快好起來啊，如果不會太悶的話，散步也先別去了。」

說是散步，也不過是在前面庭院走個二十分鐘而已，但路易斯還是點頭答應了。

「……等到明天你就可以離開這裡，外面現在安靜了不少。——雖然我還是很想把你繼續關在這裡就是了。」

梅特涅說著，在路易斯的臉頰上留下一個可愛的吻。路易斯抬起臉，梅特涅正慵懶地微笑著。的確，可以離開這裡沒什麼不好的，路易斯僅是點點頭回應。

到了凌晨，梅特涅再次離開了牢房。如他所說的，傍晚夕陽快要下山的時刻，班奈狄克前來替路易斯打開了鐵門。

「好久沒見到您了。」

班奈狄克向路易斯彎腰行禮。

「好久不見。」

說完，路易斯呆呆望著敞開的鐵門。

「您不出來嗎？」

「沒有，我正要出去。」

路易斯苦笑了一下，邁出了步伐。他腳下踩著的不是柔軟的地毯，而是普通的地板。

Chapter.15 ♦ ♦ ♦

「您要回家嗎？已經為您備好馬車了。」

路易斯動了動嘴，一時之間沒有答話，隨後才點了下頭。

他在牢房裡待了大約兩個星期。肚子裡的胎兒已經五個月大了。路易斯完全不曉得在這段時間，外面的世界究竟是如何運轉的。他甚至不確定梅特涅時不時轉達給他的那些消息到底是真還是假。

路易斯享受了一段就像是在天堂，不像是在坐牢的緩衝時光。他什麼都不用想，什麼都不用準備，這段期間，他把必須離開或必須捨棄一切的那些想法都暫時拋在了腦後。

當他一腳跨出監牢的那個瞬間，感覺現實朝他迎面撲來。

雖然梅特涅要他留在帝國，看是要生還是要動手術都不要離境，但是既然知道這是阿拉爾侯爵的孩子，路易斯覺得自己還是應該離開帝國，或者至少離開首都，這樣做對彼此都有好處。想要再和梅特涅繼續玩著糾纏不清的遊戲，那是不可能的。

這麼說，昨晚是梅特涅最後一次撫摸著自己的頭髮了。再也看不到他深情款款的眼神，不管那是不是遊戲，以後再也感受不到他在臉上塗藥的溫暖雙手。

儘管提醒自己不能忘卻了現實，儘管肚子裡的孩子已經大到無法再裝作視若無睹，但那繁星熠熠的夜空，和梅特涅柔情四溢的撫摸，都在不知不覺間，讓路易斯萌生了想在那裡長久安住的念頭。

「一直以來謝謝您的照顧。」

這段期間多虧了班奈狄克，自己才能想吃什麼就吃什麼，過得這麼滿足。他明明是梅特涅的侍從官，整整兩個星期卻一直在貼身服侍著自己。聽見路易斯向自己道謝，班奈狄克沉默了片刻。

「您不需要這樣，這是我的工作。」

……但是，因為這是最後一次見面了。路易斯把話吞回了肚子裡，朝班奈狄克露出了笑容。路易斯上了馬車，伴隨著噠噠的馬蹄聲，車子穿過了熟悉的街道。一想到這條街也是最後一次經過，接下來的幾年內應該都見不到了，心情很是複雜紛亂。

路易斯在內心盤算著，必須偷偷告訴父母實情，請他們保守祕密之後自己再離去，至於克里斯和瓊妮，最好還是不要讓他們知道這件事情。

離開以後，該去哪裡好呢？路易斯一直都只在首都生活著，其他地區或是帝國以外的地方都沒有什麼人脈。離開之前，最好還是去跟薩布里娜或彼得打聽看看有哪裡是比較清靜、適合生養孩子的地方。

內心有股揮之不去的淒涼哀傷，路易斯喉嚨乾澀地嚥了嚥口水。

馬車停佇了下來，車門外響起了敲門聲。車窗之外正是艾力克斯家的宅邸。雖然是自己的家，但已經一個月沒有回來，路易斯感覺有些陌生。

「……」

下了馬車，他輕輕嘆了口氣，腳步沈重地進了家門。侍從們也特地出來迎接許久未歸的路易斯。

「歡迎您的歸來。」

站在最前方問候的霍爾頓神情有種說不上來的微妙，一臉像是他不知道該笑還是該維持面無表情的模樣。路易斯暗忖，他是身體不舒服嗎？

「父親和母親呢？」

「兩位都前往皇宮了。」

「皇宮？是有舞會嗎？」

聽到路易斯疑惑的發問，霍爾頓尷尬地笑了笑：

Chapter.15 ✦ ✦ ✦

「那是因為……」

「哎呀，您回來啦？」

從階梯上下樓的瓊妮對著路易斯說道。她的聲音相當地冷淡。……妹妹為什麼那麼生氣呢？路易斯看著瓊妮冷冰冰的表情，不解地眨了眨眼。是因為自己太久沒回家嗎？但是身為警備團團長的路易斯，之前就算一個月沒回家也是常有的事。

「妳怎麼生氣了？」

路易斯慌張地問道，只見瓊妮嘴角優雅地上揚，眉毛卻皺了起來。她的手背托著臉頰，像個貴夫人似的笑著。

「怎麼說呢，未婚的哥哥都已經懷孕五個月了，做妹妹的卻是從報紙上得知這個消息的，您說我能夠不生氣嗎？——就算您再過幾天就要和皇太子殿下成婚了，那也不該如此啊。」

聽到她的話，路易斯張大了嘴巴。

◆◆◆

Chapter.15 ✦ ✦ ✦

路易斯急忙前往皇宮，出發之前他趕緊翻了下家裡堆疊的幾份報紙，上面所有的內容都是一樣的，寫著關於自己懷孕的事，以及在這個星期六，自己將與梅特涅結婚的消息。報紙上理所當然地把梅特涅當成孩子的親生父親。

在馬車抵達太子宮的途中，路易斯侷促不安地咬著指甲。他不明白究竟是發生了什麼。看著報紙上這週六就要結婚的字眼，路易斯懷疑自己是不是看錯，還揉了好幾遍眼睛重新瞧個仔細，報紙還強調了這是皇室官方宣佈的內容。

行駛的馬車才剛停下，路易斯立刻開門趕著下車。由於腳傷還沒完全復原，他踉蹌了一下，差點站不穩，還好有隻手伸過來扶住了他。

「殿下！」

梅特涅彷彿在等待著路易斯的到來，站在那裡抓穩了路易斯的肩膀。

「走路小心一點，什麼事要這麼著急？」

什麼事這麼著急？就是有一件十萬火急的事情啊。路易斯把緊握在手裡的報紙攤開來說道：

「殿下，不好了！報紙上都在傳我們要結婚的消息，啊，還說殿下是孩子的父親，而且……」

路易斯語無倫次，一臉驚慌地要梅特涅看看報紙上的內容。

梅特涅不急不徐地笑著，他拉起路易斯的手要他鎮定下來，然後牽著路易斯往皇宮的方向走去。

兩人途中經過的夜之庭園景色美侖美奐，令人目不暇給。整齊造景的樹叢間掛滿了小燈飾，照亮了他們步行的小徑。景色雖然很美，但是現在可不是這樣悠哉散步的時候。

「殿下，沒有時間在這裡散步了，」

現在光是要聯絡全部的報社，要求他們更正報導的內容都要來不及了。然而，路易斯的話說到一半就被梅特涅給打斷。

「路易斯。」

「是的？」

「這些我都知道，你冷靜一點。」

「您說您都知道了？」

也對，梅特涅當然是知情的。被關在監牢裡與世隔絕的人只有自己一個，梅特涅沒道理不知道這麼大的一場騷動。路易斯停下了腳步詢問，梅特涅於是也跟著駐足，回望著路易斯。

「沒錯，我知道這些事。」

梅特涅的眼神十分認真，他摸了摸路易斯的臉頰。儘管臉上的傷疤幾乎都看不見了，他的手還是那麼地小心翼翼。

「拉斐爾被逮捕那時大聲嚷嚷著你懷孕的事情，罵你是個連孩子父親是誰都不知道的婊子，所以懷孕的事才沒辦法隱瞞下去。我把他修理了一頓，但他還是吵鬧不休，搞得在場的所有人全都聽見了。」

梅特涅不加修飾的敘述讓路易斯嘴巴乾澀地吞了下口水。

「那時候我被下了藥……但是我大概知道孩子的父親是哪位。」

「是誰？」

梅特涅噗哧地笑了出來，反問著路易斯。

雖然薩布里娜有交待不要再告訴別人，但是路易斯覺得謠言傳到了這種地步，梅特涅也有知道真相的必要。

「是……阿拉爾侯爵。」

「你不是不記得了嗎？」

「聽說我那天和一位紅頭髮的進了旅館，皇室當中是紅頭髮的就只有那一位了，所以……」

聞言，梅特涅恍然大悟地啊了一聲，點了點頭。

他似乎想在庭園裡多逛一下，牽起了路易斯的手。路易斯被他拉著走，一邊試圖讓自己的心情平靜下來，努力想要搞懂現在是什麼情況。他仔細地思考了一下，既然報紙上一再強調這是皇室官方宣佈的消息，那麼報導的內容就不可能會是虛假的謠言，這也代表了報導的內容一切屬實……

「——我們要結婚了嗎？」

走在前方的梅特涅頓時停住了步伐。在他身後，可以看到波光瀲灩的噴泉和燈火通明的太子宮。他神色優雅，彷彿置身於祕密宴席之中。晚風涼爽。現在不再是初秋，時序已經來到了中秋時節。梅特涅再次轉過身來，低頭看著路易斯。

「沒錯，你不願意嗎？」

「不是，重點不是那個，為什麼——」

自己竟然要和梅特涅結婚？路易斯從來沒有想過這件事情，奇怪的是婚事還要趕在這個週六舉行。而且，梅特涅對於這一切袖手旁觀的這一點，更是令路易斯感到百思不解……他嘴唇動了動，開口問道：

Chapter.15 ✦ ✦ ✦

「難道是殿下一手促成的嗎？」

「對，我的婚事當然是按照我的意願來進行的，不然呢？」

「……」

但是好像沒人問過自己的意願啊？正當路易斯內心一陣兵荒馬亂之際，梅特涅在他面前單膝跪了下來。

「殿下？」

路易斯大驚失色，連忙跟著一起下跪。梅特涅看著和自己距離拉近的路易斯，吻上了他的唇瓣。

「我是考慮到你肚子裡的孩子，才會這麼急迫地舉辦婚禮。雖然這麼做可能會嚇到你，也得面對外界的紛紛擾擾……但我總不能讓孩子一出生就變成私生子。」

「可是，又不是殿下的孩子——」

梅特涅對慌張的路易斯露出一個如花般的笑靨來。

「只要我們結婚，你的孩子就是我的孩子。」

這是路易斯打從認識他以來，見過最美麗燦爛的一個笑容。路易斯能感覺到自己的心臟在劇烈地鼓動著，但是他仍搖了搖頭。

「可是，就算是這樣，我還是不能夠這麼做。和殿下結婚的話，這個孩子就成了嫡子——怎麼能讓您把非親生的骨肉當成嫡子來撫養呢。我只不過是您遊戲的對象……」

梅特涅根本沒有理由要這麼做。堂堂的皇太子何必去撫養別的男人的骨肉？

然而，梅特涅伸出一隻手，依序撫摸著路易斯的臉頰、耳垂和頭髮，開口道：

「當初會聲稱這只是遊戲，是因為我怕你逃走才這麼說的。和你在一起的每分每秒，對我來說都是極其認真的——怎麼可能會是遊戲呢？」

梅特涅平心靜氣地述說，帶著他的真心實意。

「我從學院時期開始一直喜歡的那個人，就是你啊。」

「……」

路易斯訝異地張著嘴，說不出半句話。他不確定自己聽到了什麼，但是能感覺到後頸發燙了起來。

梅特涅沈靜如水的眼神裡倒映著燈飾的光芒，美麗醉人。

「我還以為您是討厭我的……」

「我討厭的是這種無法隨心所欲的感覺，想要再多見你一面、想要你再多看我一眼的話，除了刁難你之外我找不到別的辦法……對不起。」

路易斯現在終於明白，梅特涅為何要掛名充當第一警備團的團長了。他握住了路易斯的手。也許是害怕路易斯臨陣脫逃，他的手拚了命似的緊緊抓牢著。

「我沒辦法再看你離開了。你懷的孩子無論是誰的，對我來說都無所謂。未來你生下的孩子就是我的嫡子，沒有任何人可以對他指指點點。」

「但是……」

「拜託你，和我結婚吧，路易斯。」

他竟然說了拜託……。

梅特涅的眼裡充滿了懇求。路易斯的一顆心臟跳得飛快，和他相互對望著。

不能答應啊。路易斯在內心掙扎著，正因為喜歡梅特涅，所以不想造成他一輩子的痛苦，卻又在聽見他一直喜歡著自己的告白後，心軟得一塌糊塗。

路易斯喜歡和他在一起。如果拋下所有隨之而來的義務責任、道德之類的東西，路易斯是想要待在梅特涅身邊的。

要拒絕一個對自己說著懷了別人的孩子也沒關係、只要你留在我身邊就好的男人，真的是很困難的一件事。換做是自己，不管再怎麼喜歡對方，好像都無法做到他這樣的地步。更何況，貴為皇太子的他更是不該做出這樣的選擇才是，思及此，路易斯的心不禁狠狠為之撼動。

「我喜歡你，路易斯，我的小白兔。」

當著面直接了當表白的心意，是如此令人感到興奮，如此甜蜜。

梅特涅舔吮著路易斯說不出話來的下唇，兩人相觸的唇瓣之間傳來一陣顫抖。路易斯無法分辨在發著抖的究竟是對方還是自己。

「這個週六就是婚禮了，不要讓我成為全國的笑柄好嗎？路易斯，我求求你。」

哀求的聲音是這般醇厚甜美。跪在地上的路易斯用雙手摀住了臉頰。

怎麼辦、該怎麼辦？對方持續的告白阻礙了大腦的運作，讓路易斯根本無法好好思考。從學院時期開始，他從那麼久以前就一直在注視著自己了嗎？

他的吻、他的手、他的眼神，他的所有一切都再一次地觸動了內心。以為是遊戲時就已經深深受到吸引的那些點滴，在發現是出自於真心之後，更是令人深陷其中不可自拔。

這是個美好的秋夜。

Chapter.15 ✦ ✦ ✦

明月大大地懸掛在夜空之中，星光正傾瀉而下。庭園裡散發著青草香，高高的燈飾正在發光，再加上一旁的噴泉。在這無一處不是美麗的景致中央，跪在路易斯眼前的梅特涅最是漂亮。

梅特涅握著路易斯的手，為他戴上了戒指。路易斯感覺自己連耳垂都在發燙，抬頭看著梅特涅的臉。

「真的……真的可以嗎？」

「只要你願意待在我的身邊。」

他再度親吻路易斯的嘴唇。這是一個又是吸吮又是舔弄的甘甜柔美之吻。

對方和自己相握的手是如此溫柔，明知這是自己私心作祟，路易斯仍然無法放開他的手。

「和我共度餘生吧，路易斯，我的小白兔。」

梅特涅貼著路易斯的唇瓣說道。

「我不想再看到你離我而去了。」

路易斯無法拒絕。心裡想著不可以，頭卻點了下去。他想和梅特涅在一起。即使日後會為了這個必須埋藏在心底一輩子的祕密而後悔，他也沒辦法在現在這一刻開口拒絕梅特涅。

路易斯強忍著流淚的衝動，再一次點了點頭。梅特涅的唇瓣於是重新貼了上來。

這次的吻飽含了慰藉與愛意，十足地溫暖。

儘儘是一個點頭，就讓梅特涅開心地綻放出笑容，彷彿擁有了整個世界。他的笑顏美得讓路易斯快要睜不開眼。

路易斯也親了親梅特涅的嘴唇。

只要能看到這個笑容，就算要他一個人犯下所有的罪行，路易斯也甘之如飴。不管未來會發生什麼事，至少現在這一刻，路易斯說什麼也不想放手。婚禮就在本週的星期六，正如梅特涅所言，如今才說這孩子不是梅特涅的，因此拒絕這門婚事的話，對他來說將會成為嚴重的恥辱。

打從一開始，路易斯就只有一條路可以選擇。

那就是緊緊握住這隻手。

曾經體會過不得不放手的遺憾，梅特涅這次毫不猶豫地再次抓住了路易斯的手。

把罪惡感推到心底深處的角落，路易斯也握住了他的。

人們的目光和議論全都無關緊要。路易斯只想坐在這裡，像梅特涅所說的，餘生都與他共度。

儘管知道自己自私，路易斯還是閉上了眼睛與梅特涅接吻。

Chapter.15 ✦ ✦ ✦

接吻的感覺甜蜜得讓人神魂顛倒。

這是個美麗的夜晚。

距離盛大隆重的婚禮只剩下四天。

EPILOGUE.

尾聲

大約過了五個月。在寒冬逝去，春天正要來臨的時節，帝國的太子妃產下了嫡系的皇太孫。舉國上下都在為這個好消息而歡欣鼓舞。雖然也有少部分的幾個人是感到心情複雜。

「……」

路易斯看著自己懷胎生下的孩子，揉了好幾下的眼睛。他在手術後休養了整整一個禮拜的身體，今天是他首次見到自己的小孩。

「請問、這個真的是我生下來的孩子嗎？」

會不會是有人調包了？路易斯正覺得有些不對勁，難怪這一整個禮拜都不讓他和孩子見面。聽到路易斯的問題，梅特涅低聲笑著，在路易斯僵硬的臉頰上親了一口。

「怎麼可以用這個來稱呼他呢，人家明明有個叫做尤埃爾的帥氣名字。還有，他當然是你親生的兒子。」

「不是、先不說那些……他、他長得也太像殿下了吧？」

後半句是路易斯靠在梅特涅耳邊偷偷詢問的。

沒在說笑，他生下來的這個孩子，不管是誰看了都會覺得和梅特涅長得一模一樣。

就連路易斯陣痛痛到精神恍惚，直到進手術室的那一刻為止，他都還在擔心孩子生出來如果一頭紅髮該如何是好？一心盼望著孩子能長得多像自己一點。然而，路易斯生下來的孩子竟然長得和梅特涅出奇地相像，簡直就像一個迷你縮小版的梅特涅。

閃耀著光澤的白金髮，紫色的瞳孔，豐滿的嘴唇，那精緻玲瓏的五官，根本就是梅特涅啊。寶寶也不哭鬧，正眨著眼睛盯著梅特涅和路易斯瞧。

太奇怪了，不可能會發生這種事情啊。就算是遺傳到親戚的長相，梅特涅的外貌是遺傳自母系的，怎麼父系親戚的阿拉爾侯爵的孩子卻長得像梅特涅，這實在是太不尋常了。

「孩子長得像爸爸到底有什麼好奇怪的？」

梅特涅一口否定了路易斯的疑慮，從床頭站了起來。他一起身，路易斯的父母親、皇帝陛下和皇后娘娘等賓客都前來探望剛出生的皇太孫。大家為皇太孫送上祝福的話語和堆積如山的珍貴禮物，也不忘慰問路易斯的辛勞。

「嗯……」

結伴進來的薩布里娜和彼得一看到了寶寶，就發出了微妙的沉吟聲。

「是啊，我就知道會是這樣，但是這也太……」

「就是說啊，也太……」

兩人見了孩子的長相後，一同陷入了沉默。路易斯看到這兩位知情者的反應，忍不住跟著道出了內心的想法：

「是不是？寶寶長得也太像殿下了吧？」

聽到路易斯低聲的疑惑，兩人同時望向了他。薩布里娜一臉不知道該說什麼好地動了動嘴巴，然後和彼得竊竊私語。雖然路易斯也都聽見了就是。

「怎麼說呢……他這種遲鈍的程度好像已經不是沒有眼力的問題了。」

「別這樣說嘛，薩布里娜。有可能是生孩子太辛苦了，腦筋還不夠清醒。」

「他是動手術的，又不是自己使力生出來的……」

薩布里娜搔搔頭：

Chapter.15 ✦ ✦ ✦

「總之，還是恭喜您了。」

「嗯……謝謝妳……」

路易斯不自然地點了點頭。

他們和路易斯又聊了幾句，給尤埃爾留下祝福和禮物之後便進了宴會廳。路易斯覷著眼看向了在搖籃裡默默眨著眼睛的孩子。

「……」

他沒想到自己竟會生出一個這麼漂亮的寶寶來。阿拉爾侯爵並不英俊，所以就算是長得偏像自己，大概也頂多是個長相普普通通的小孩，結果這是怎麼回事咧？路易斯彷彿被孩子眨巴著眼睛的模樣給吸引住了，一瞬不瞬地凝視著他。白嫩的臉蛋、長長的睫毛底下有著如寶石般晶瑩的眼瞳、小巧精緻的嘴唇像藝術家精心雕琢出來般地漂亮。

孩子似乎感覺到了路易斯的視線，朝向他伸出了手臂。路易斯被那雙要求擁抱的小手給嚇得後退了一步，孩子立刻欲哭似的，咿地咧起了嘴。

「您抱抱他就好了。」

奶媽莉莉把尤埃爾抱給了路易斯。突然接過孩子，路易斯緊張地嚥著口水。懷裡的寶寶那麼小一個、那麼地輕，路易斯簡直不敢相信這小生物也是個人。

然而，進入他懷裡的暖暖體溫和那蠕動的小身體搔動了他的心窩。那雙一眨一眨的眼睛和路易斯夢中見到的龍寶寶極為相似。直到臨盆前都沒什麼實感、有些無動於衷的路易斯，現在對於自己懷著這麼可愛的胎兒長達十個月的事實，終於重新有了一番感悟。

他小心地抬起手指觸摸那柔軟的臉頰，孩子發出了意義不明的咿咿呀呀聲，一把抓住了路易斯的手指頭。

「……」

路易斯楞楞眨著眼，驚訝地望著孩子，然後抬起頭來。明明不是什麼特別的大事，他心中卻忽然浮現了一陣感動。他很想告訴梅特涅，讓他一起看看這副情景，但是梅特涅人卻不在這裡。

賓客們不斷地湧入，向路易斯和皇太孫獻上祝福和道賀，留下禮品之後離去。

路易斯抱著孩子，眼珠子不停地轉動，搜尋著梅特涅的身影。自從他剛才出去之後已經消失了一個小時。梅特涅果然是心情不太好嗎？不管孩子長得有多像他，畢竟不是他的親骨肉……

「……」

就在路易斯喉頭一陣苦澀、嚥著口水的瞬間，一群總是把梅特涅周圍變成脂粉堆的貴婦帶

Chapter.15 ✦ ✦ ✦

著清脆優雅的笑聲走了進來。

「哎唷，天哪，長得真漂亮！」

孔雀般的女人們儀態輕巧地打著招呼，往路易斯靠攏。她們個個從扇子後方打量著孩子和路易斯的模樣。

「您完成了一件大事呢，雖然對我們社交界來說是一項巨大的損失——竟然一次同時失去了兩位令所有女人垂涎的男士。」

一位子爵夫人毫不掩飾地嘆了一口氣。

「結果您一次都沒牽過人家的手……不過，這小小的手確實是比較可愛呢。」

「為了後代著想的話，再多生一個長得像太子妃娘娘的皇太孫也不錯啊，我更偏愛娘娘您的長相呢。」

她們像一群鳥兒似的嘰嘰喳喳，中途時不時冒出一些較為失禮或令人尷尬的發言。女士們一如往常地開了口就停不下來，路易斯只是在一旁放空地聽著。

就在他開始感到有些疲倦的時候，機伶的女士們一個接著一個和路易斯臉頰碰臉頰地親吻道別，依序離去。貴夫人們走得差不多了，剩下最後一位女士站在路易斯的面前。

「那天在馬車裡，假如我沒有讓位的話，今天坐在這裡的人應該就是我吧？那漂亮的皇太孫殿下也會是抱在我的懷裡。」

是方才一直沈默不語的巴特勒子爵夫人。她和路易斯臉貼臉時，笑著朝孩子瞟了一眼。路易斯眨眨眼，聽不懂她在說些什麼。她以扇遮面，露出一個在尋思什麼的微妙神情。

「哼嗯……」

「怎麼了嗎？」

「沒有錯，懷孕也是能力的一種——不過，只是想說一聲，那個火熱的夜晚原本應該是屬於我的。」

巴特勒子爵夫人的眼睛一副饒有興味似的彎笑著，在路易斯耳側悄聲說道。

◆ ◆ ◆

由於此刻還是白天，背景音樂放的是搖籃曲，宴會廳的氣氛比往常來得沈靜。路易斯一衝出他的休養室，安靜談天的人們全都朝他看了過來。

Chapter.15 ✦ ✦ ✦

「您知不知道皇太子殿下人在哪裡？」

路易斯見到站在門口的班奈狄克，隨即向他問道。

「是有看到殿下往庭園的方向走出去……」

班奈狄克還來不及問路易斯有何要事，路易斯就已快步朝庭園走去。手術的地方還有些刺痛，但是路易斯急著要找梅特涅把事情問個清楚。

『妳說我跳上了殿下的馬車？』

當路易斯這麼問起，巴特勒子爵夫人歪了頭，露出十分納悶的模樣。

『沒錯呀，就是夏季化裝舞會的那天，您跳進了我和殿下乘坐的馬車裡，把我給趕了出去不是嗎？——雖然實際上是殿下趕我下車的啦。』

她擺了擺手，彷彿事到如今再多說也是無益。

路易斯茫然地眨著眼。雖然聽威頓公爵提過，說他下了藥之後要自己乖乖等著，自己後來卻不知道亂跑去了哪裡，但是路易斯一直以為自己是被阿拉爾侯爵給帶走的。

然而，自己卻是跳上了梅特涅的馬車？

路易斯低頭看著抱在懷裡的寶寶。閃亮的白金髮加上一雙紫眸，還有和梅特涅宛如一個模子刻出來的五官。無數的人見過這個孩子，沒有半個人懷疑他或許是別的男人的小孩。就連一直認為是別人的孩子的路易斯，也在看到孩子的瞬間就想到了梅特涅，他們是如此地相像，根本不會有人想提出質疑。

「……」

向著庭園走去的路易斯感覺自己心跳如擂鼓。他幾乎是跑了起來。

終於見到噴泉前那頭熟悉的白金髮，在太陽底下閃耀著光澤。

「殿下！」

聽到路易斯的呼喚，梅特涅轉身看向他。梅特涅把手中拿著的紅酒杯放在噴泉前，快步朝著路易斯迎來。

「怎麼跑出來了？你還不能這樣四處走動的啊。」

「那個……尤埃爾是殿下的孩子嗎？」

路易斯甩開了梅特涅因擔憂而伸出的手臂，劈頭就向他問道。

梅特涅頓了一下，霎時用一種令人看不透的神情俯瞰著路易斯。

「當然是我的孩子，我不是說了嘛，你的孩子就是我的孩子。」

Chapter.15 ✦ ✦ ✦

「您知道我說的不是這個。化裝舞會那天晚上，我被下了藥……和我上床的人是殿下嗎？」

梅特涅一聲不吭地看著路易斯。見到他說明了一切的表情，路易斯緊緊地咬住了嘴唇。

「您為什麼不告訴我呢？不是、到底為什麼——」

路易斯實在是完全無法理解。對路易斯來說，從被梅特涅求婚、舉行婚禮、甚至是在生產的那個當下，這件事都令他煩惱得快要窒息，壓得他無法呼吸。儘管知道這件事不是自己的錯，只是運氣不好而已，這件事還是永遠像個疙瘩卡在路易斯的心裡。

梅特涅是個皇太子，對於他這樣的身分來說，第一個嫡系的子嗣卻不是他親生的血脈，這是一個非常嚴重的問題。無論梅特涅再怎樣表示他無所謂，路易斯的心裡始終是十分地過意不去……結果現在卻說那天和自己發生關係的人就是梅特涅？

「您知道我有多煎熬嗎？到底為何不跟我說？不對，您為何要隱瞞呢？」

自己是因為被下藥才會什麼都不知道，實際情形如何，梅特涅肯定是一清二楚的。路易斯想起他求婚時說的那些話，他顯然是刻意要瞞著自己的。如果是隱瞞別人的孩子也就算了，但是明明就是自己的親骨肉，路易斯不能理解梅特涅瞞著不說究竟是何種用意。

「我以為孩子會長得像你。」

梅特涅帶著慵懶的笑容回道。

好不容易開口解釋了，卻只說了一句以為孩子會像自己？路易斯感到荒唐地反問：

「所以假如孩子長得像我的話，您是打算一輩子都不告訴我嗎？」

「這個嘛，也許？」

梅特涅歪著頭說道。

他臉上明明沒有任何表情，內心卻彷彿有什麼東西突然斷裂一般。

「您到底為什麼要那麼做？」

到底為了什麼理由要這樣欺瞞？這明明就是好消息、是值得慶幸的好事，路易斯實在不明白這有什麼好隱瞞的。當梅特涅表白愛意的那一刻，路易斯還以為兩人的心意終於有些相通了，如今路易斯再次感覺自己摸不透對方的想法，像是有一條鴻溝橫亙在兩人之間。

梅特涅輕輕嘆了口氣，伸手覆上了路易斯生氣的臉龐。

「路易斯，我的小白兔。」

聽到了這個甜蜜的愛稱，原本想說算了的路易斯把話忍在嘴裡，等待著梅特涅繼續開口。

雖然不管他說什麼自己可能都聽不懂，但是路易斯還是想知道原因。

Chapter.15 ✦ ✦ ✦

「假如我告訴你那是我的孩子，你會因此感到高興嗎？」

「那是當然……」

「要是你知道真相之後說要打掉我的孩子，那我會承受不了的。」

他的語氣平淡，一道依然冷冽的風劃過他的臉頰。路易斯怔怔地眨眼，看著梅特涅露出一個苦澀的笑容。

路易斯想起了他之前說過的那句「幸好不是我的孩子」，這是梅特涅在知道自己即將墮胎之際所說的話。路易斯原以為對方純粹為他懷的不是自己的孩子感到慶幸，還因此感到十分受傷。

他嘴唇囁嚅著，頓時說不出話來。

「你以前不是很討厭我嘛？」

梅特涅皺著眉頭，似乎根本不想提起過去的事情。

「我看著你面對我時那副不自在又困擾的表情看了十多年……，我知道你根本想像不到我們會發生關係，你要我如何開口告訴你那晚我們上了床、說你懷上了我的孩子。」

他的手從路易斯的頰側垂落而下。寒風代替那溫暖的手掌觸摸著路易斯的臉龐。路易斯仰起頭，梅特涅的髮絲隨風飄逸，看著他面無表情地剖白著自身一路以來埋藏在心底的感受，那副淡然模樣更是讓路易斯感到心如刀絞。

「你每次見到我後頸就會漲紅，所以我還以為你也喜歡我，但我很快地又發現了，事實並非如此。從我第一天認識你開始，這種心路歷程已經上演了數十遍——大概是每次見到你，我就會忍不住自作多情吧？」

梅特涅自嘲地一笑。他彷彿回憶起過往，目光落在了路易斯的後頸上。

「什麼……」

路易斯訥訥的話語消失在空氣中，他凝望著梅特涅的臉。對方真的顯得有些緊張侷促，似乎還帶著點……畏懼。路易斯下意識地朝他靠近了一步。

「我不懂您到底是在說些什麼……是因為這樣才不願告訴我的嗎？」

甚至打算隱瞞一輩子？路易斯注視著梅特涅彷彿瀕臨崩潰的神情，他的目光產生了動搖，閃爍不定。路易斯用手撐著頭，不禁想要嘆氣。

「你生氣了？」

聽到梅特涅苦笑著這麼問，路易斯頓時氣惱地咬住了下唇。

「是的，能不生氣嗎？我——」

Chapter.15 ✦ ✦ ✦

要是梅特涅不是皇太子的話，他早就一拳揍下去了。應該說，要不是因為他那張臉、要不是因為他是梅特涅的話，自己早就忍不住出手了。

「我一直那麼擔心著您，您卻在想那種無關緊要的事……」

路易斯一直在擔憂撫養了別人孩子的梅特涅是否會感到後悔，怕他以後或許會面臨遭人指指點點的處境。路易斯就連手術的前一刻、肚子痛得不行的時候都在憂慮著這件事。

梅特涅看著路易斯惱怒的臉龐，竊笑一聲，惹人生氣地說了一句：

「你這麼擔心我，聽了還挺開心的。」

「殿下……」

「路易斯。」

梅特涅打斷了路易斯，臉上掛著淡淡的微笑：

「為什麼要這麼生氣呢？你這樣，我又要被你給騙了。」

他的手摸在路易斯滾燙的脖頸上。

「我會以為，你是因為喜歡我才氣到脖子都這樣漲紅發燙的。當我看到無情的你只對我露出這種表情時，就算心裡一再告訴自己不要上當，卻還是禁不住盼望起那一絲的可能性……」

梅特涅皺起了眉頭，話說得含混不清。他湊近了一些，低頭看著路易斯生氣的模樣。路易斯才剛手術完不久就跑出來吹冷風，他一方面擔心他的身體，一方面在看到對方朝自己跑過來的那個瞬間，內心不住泛起一股甜意。

「是我又誤會了嗎？還是……」

梅特涅將未盡的猜測嚥進了喉嚨裡。

他皺著眉勉強一笑，只見路易斯咬緊了牙根，看起來在忍耐著什麼，很是苦惱的表情。路易斯甚至做了個深呼吸，那副樣子彷彿在說著，要不是你，我拳頭老早就飛出去了。

「我不明白殿下為何會有那樣的想法，也不懂您為什麼要這樣欺騙我。」

梅特涅不認為路易斯有辦法瞭解。他一心一意地只想抓住路易斯的腳踝不讓他逃跑，除此之外沒有半點其他的想法，路易斯怎麼可能會懂得他這份執著呢？

路易斯直視著梅特涅的眼睛，侃侃說道：

「——但是，」

他將梅特涅的手從自己的頸背上挪開。梅特涅心臟倏地停了一拍，然而下一秒，路易斯雙手握住了梅特涅的那隻手。

Chapter.15 ✦ ✦ ✦

「我喜歡您。」

路易斯的臉看起來像是在生氣，而不是在表白心意。

「比起離開您去別處安心地撫養孩子，就算終生都將受到內心的譴責，我還是想待在殿下的身邊，想一輩子賴著不走。」

梅特涅一下看著路易斯緊握著自己的雙手，一下又看了看他的臉，傻愣愣地眨著眼。路易斯皺起了眉頭：

「您竟然認為我會和一個不喜歡的人結婚？我真想知道您究竟是怎麼看待我的……」

突然意識到自己大剌剌又迷糊的形象，路易斯微微地嘆了口氣。

「抱歉沒有告訴過您，我理所當然地以為您都明白的……我喜歡您。」

「……」

梅特涅只動了動嘴唇，分不清自己現在是不是在作夢。他差點要懷疑路易斯是否又吃到了白色殺戮之類的迷幻藥，但是路易斯的表情看起來是那麼地堅定不移。如果這是場美夢的話，應該會更甜蜜夢幻；如果是被下了藥，他應該會更加溫順，而眼前的路易斯卻一如往常地平靜，僅是微惱地道：

「我喜歡殿下那難以捉摸的古怪性格，長相的話那就更不用說了，我也喜歡殿下總是對我這麼溫柔……看到孩子長得這麼像殿下，雖然覺得不敢置信，仍是因此感到開心不已。」

路易斯回想剛才抱到孩子的那一刻，抬頭注視梅特涅。他抱著和梅特涅一模一樣的寶寶，心中滿是澎湃悸動。儘管認為不太可能，但總覺得兩人之間好像曾經發生過什麼。

「當我知道，在那個我根本毫無記憶的化裝舞會之夜，和我發生關係的人原來是殿下的時候，比起生氣，我先是感覺到放心。」

路易斯在終於明白了巴特勒子爵夫人的意思之後，最先是鬆了一口氣。雖然下一刻確實是生了氣，但是得知那一晚自己是和梅特涅上的床，孩子也是梅特涅的，他真的是放下了心中的一顆大石。

「我很生氣，而且無法理解殿下不願對我坦白的想法——但是我喜歡您，喜歡到不想看到您露出這種表情。」

「……這不可能啊。你的話聽起來簡直……就像是在說你愛我似的……」

一聽到梅特涅這麼說，路易斯感覺脖子都燒了起來。這若不是愛，又會是什麼呢？

梅特涅一臉的愕然，難以置信。他的嘴唇抖動著，彷彿不確定這是在夢境還是現實。

Chapter.15 ✦ ✦ ✦

路易斯疑惑地想著，梅特涅不是老是覺得自己喜歡他嗎？怎麼真的向他告白之後卻是這種表情……感覺自己這輩子都別想搞懂這個人了。路易斯用雙手環住梅特涅的脖子，吻上了他的唇瓣。

梅特涅的唇瓣冰冷地顫抖著，路易斯模仿著他平常的那種方式，輕輕地吸吮著他的下唇。路易斯像在安撫他似的，慢條斯理地蠕動著雙唇，吮舔著，感覺到梅特涅的嘴唇逐漸溫暖地融化開來。

在所有人前來慶賀的場合，他卻因為那種念頭，一個人跑到外面來，在庭園裡來回踱步嗎？明明是自己的孩子，那個不可一世的梅特涅卻無法啟齒，甚至對結了婚的對象都問不出一句你喜不喜歡我。思及此，路易斯莫名覺得難過，他張開了閉上的雙眼，和梅特涅四目相視。

梅特涅似乎還處在震驚之中，詫異地瞪大著眼睛。兩人視線一交會，梅特涅便眨了眨眼，和剛才路易斯懷裡的尤埃爾眨巴著眼睛的樣子簡直是如出一轍。

初夏化裝舞會的那個夜晚，路易斯原以為自己的人生因為那一晚而天翻地覆，如今能一舉得手兩個漂亮珍寶，似乎也不算是太糟糕。

雖然自己確實是在不知情的狀況下落入對方的圈套，但路易斯覺得被套得心甘情願。就像在夢中和龍一起蓋著的那條花毯子一樣，就算全身被束縛住，也覺得暖心又舒適，一點也不想掙脫逃走。

「並不是隨便哪個人要跟我接吻我都會答應的。」

除了那一天，路易斯從未和人隨便發生關係，也不曾有過輕浮濫情的舉止。光聽到「吻我」，就不由自主地覆上了梅特涅的唇瓣，這種事也是生平第一次發生。

「雖然我沒有當時的印象，但那天是我第一次跳上別人的馬車。」

聽到路易斯這句話，梅特涅這才開始緩緩地揚起了嘴角。雖然只是個淺淺的微笑，彷如五個月前路易斯接受求婚的秋夜，那個滿載著柔情蜜意的美麗笑容，燦爛得讓路易斯眼中除了他的笑容以外，什麼都無法入眼。

「那也是我這輩子第一次覺得某個人很漂亮——我想您應該知道的。」

路易斯坦率地承認，自己在過去的那段日子裡，曾陶醉於梅特涅的美顏。梅特涅並沒有會錯意。打從學院時期開始，路易斯對於每次見了梅特涅都不禁被對方外表吸引的自己感到困擾，於是更加刻意地迴避著梅特涅。雖然兩人當時懷著的情感不盡相同，但是梅特涅的錯覺並不是毫無來由。

「……」

梅特涅彷彿有很多話想說，他動了動嘴，最後用沙啞的聲音說了：

「……吻我。」

路易斯著迷似的再次吻上那美麗的雙唇。梅特涅柔軟溫暖的唇瓣和路易斯的相互吮吻著。一種奇異的感覺惹得路易斯心癢難耐。

宴會廳裡仍在流瀉著搖籃曲。擔心著還沒進屋的兩人，班奈狄克和侍從們也紛紛出來查看。雖然聽到了他們的動靜聲，路易斯選擇繼續長久地品嚐著這份甜美。

這是一個春天即將到來的煦暖午後。

——全書完

高寶書版集團
gobooks.com.tw

CRS008
Who's Your Daddy? 誰是你爸爸？ 下

作　　者　張良 JANG RYANG
繪　　者　Sashimi
譯　　者　鮭魚粉
編　　輯　賴芯葳
美術主編　林鈞儀
排　　版　彭立瑋
企　　劃　黃子晏
版　　權　顏慧儀

發 行 人　朱凱蕾
出　　版　朧月書版股份有限公司
　　　　　Hazy Moon Publishing Co., Ltd.
地　　址　臺北市內湖區洲子街 88 號 3 樓
網　　址　www.gobooks.com.tw
電　　話　(02) 27992788
電　　郵　readers@gobooks.com.tw（讀者服務部）
傳　　真　出版部　(02) 27990909　行銷部 (02) 27993088
郵政劃撥　19394552
戶　　名　英屬維京群島商高寶國際有限公司臺灣分公司
發　　行　英屬維京群島商高寶國際有限公司臺灣分公司
初版日期　2022 年 4 月

國家圖書館出版品預行編目 (CIP) 資料

誰是你爸爸 ?/ 張良 JANG RYANG 著；鮭魚粉譯 . -- 初版 .
-- 臺北市：朧月書版股份有限公司出版：英屬維京群島商高寶國際有限公司台灣分公司發行 , 2022.04
面；　公分 . --

譯自：후즈 유어 대디？(Who's your daddy?)

ISBN 978-626-95988-0-9(上冊：平裝). --
ISBN 978-626-95988-1-6(下冊：平裝). --
ISBN 978-626-95988-2-3(全套：平裝)

862.57　　111005061